Ewald Rumm

In vollen Zügen unterwegs

Gedanken, Eindrücke und Erlebnisse
rund um die Eisenbahn

Fotos von Brigitte und Georg Rieckhoff, die Ablichtung des Triebkopfs auf der vorderen Umschlagseite ist durch THALYS autorisiert.

Umschlag und Lektorat Inge und Thomas Trier, Firma "trier-texte"

ISBN 3-8311-4506-7
© Ewald Rumm, Bergisch Gladbach, 2002
Alle Rechte liegen beim Autor

Herstellung: Books on Demand GmbH, Norderstedt

Ewald Rumm

In vollen Zügen unterwegs

Zur Person

Mein Name ist Ewald Rumm, Jahrgang 1955. Ich lebe seit 1985 mit meiner Ehefrau Gabi und unseren beiden Kindern Verena und Philipp in der idyllischen Stadt Bergisch Gladbach.

Nach der mittleren Reife und einer verkürzten Ausbildung als Funkmechaniker in der freien Wirtschaft wechselte ich am 23.10.1972 zur Deutschen Bundesbahn. Die erste Station war die Güterabfertigung im Stuttgarter Hauptbahnhof. Damals verdiente ich mir als Jungwerker die ersten Sporen mit einem Monatslohn von 325, - DM brutto!

1975 musste ich zur Bundeswehr. Nach meiner Rückkehr vom Militärdienst wechselte ich innerhalb der Eisenbahn die Sparte und wurde Zugbegleiter beim Hauptbahnhof Stuttgart. Hier absolvierte ich auch die 2-jährige Zugführerausbildung. Bis 1985 fuhr ich ununterbrochen beim Stuttgarter Hbf die ganze Angebotspalette der Deutschen Bundesbahn. Diese Zeit hat mich menschlich und beruflich sehr geprägt.

Im Jahre 1985 - die Deutsche Bundesbahn führte gerade ihr Projekt IC-85 ein - ließ ich mich nach Köln versetzen. Erstens brauchte ich eine „Luftveränderung", ein anderes Tätigkeitsfeld, zum anderen war meine Frau aus dem Rheinland. Somit schlugen wir zwei Fliegen mit einer Klappe.

Meine Frau war wieder in ihrer geliebten Heimat und ich hatte die Herausforderung, die ich suchte. Im April 1995 wurde ich dann gefragt, ob ich Interesse hätte, an einem neuen Projekt mitzuarbeiten. Das Projekt hatte den wohlklingenden Namen THALYS. Natürlich sagte ich gleich zu! Das war doch endlich eine Perspektive - als deutscher Zugbegleiter im benachbarten Ausland seinen Dienst zu verrichten.

Bis zum Startschuss am 14. Dezember 1997 musste ich noch zwei Fremdsprachen erlernen. Gutes Englisch war für dieses Projekt Grundvoraussetzung, also hieß es französisch und niederländisch pauken. Die belgische Zugführerausbildung war ebenso Bestandteil meiner erweiterten Ausbildung wie die Tarifkenntnisse im Fahrkartenwesen des Binnenverkehrs unseres Nachbarlandes Belgien. Seit Einführung dieses europäischen Produktes fahre ich fast ausschließlich die Strecke Köln - Aachen - Lüttich - Brüssel.

Inhaltsangabe

Ich schreibe Geschichten – wie aus einer Idee Wirklichkeit wurde

Viele Leute, selbst Verwandte und Bekannte nebst eigenen Geschwistern, können sich kaum ein Bild vom Beruf eines Zugführers machen. Für sie ist die Eisenbahn oder gar Eisenbahner zu sein eher etwas Negatives. Das kommt wohl noch aus der Zeit, wo im Bundeshaushalt jährlich -zig Millionen Mark aus Steuergeldern an Subventionen gezahlt wurden. Wenn ich dann auch noch im Zuge meiner Erklärungsversuche sage, dass ich mich an der Fahrausweiskontrolle beteilige, meinen fast alle: „Ach so, du bist Schaffner bei der Bahn und machst Löcher in die Fahrkarten!"
Danach komme ich nicht mehr um eine elementare Erklärung der Eisenbahn, bzw. der Stelle des Zugbegleiters herum. Um all diese Erklärungen bildlich und plastisch zu untermalen, flechte ich immer eine kleine Geschichte oder eine Anekdote ein. „Donnerwetter", entfährt es da schon öfter einem meiner Zuhörer, „dein Beruf ist aber überhaupt nicht langweilig! Mitunter hast du mehr Abwechslung, als dir lieb sein kann!"
Jetzt bekommen die Leute Gefallen an meinem Beruf, sehen meine Tätigkeit aus einer ganz anderen, nie gekannten Perspektive. Plötzlich verlangen sie mehr von meinen Geschichten und Anekdoten. Allerdings werden die Gesichter sehr

schnell wieder lang, wenn ich verkünde, dass ich heute morgen um 2.00 Uhr aufgestanden bin, weil ich um 3.17 Uhr Dienstbeginn hatte, dafür aber um 11.53 Uhr wieder Feierabend. „Das könnte ich nicht, so früh aufstehen." Ungläubig schütteln meine Zuhörer den Kopf. „Der Mensch ist ein Gewohnheitstier", so mein Einwand, „man kann sich an fast alles gewöhnen! Wer seinen Beruf wie ich zur Berufung macht und diese Tätigkeit gerne und mit viel Liebe und Engagement ausübt, der trotzt selbst einem schwarzen Tag noch etwas Gutes ab!"

Ob soviel positiver Grundeinstellung meinerseits ist dann manchmal eine gewisse Hochachtung zu spüren. Irgendwann meinte einmal ein Bekannter zu mir: „Du könntest doch ein Buch schreiben über dich und deine Tätigkeit bei der Eisenbahn!" „Ja, wenn ich irgendwann mal pensioniert bin, dann vielleicht!"

Das war damals einfach so von mir dahingesagt. Nicht im Traum hätte ich zu jener Zeit daran gedacht, meine Erlebnisse, meine Empfindungen und meine Gefühle in einem Buch niederzuschreiben! Schließlich bin ich in erster Linie Eisenbahner und kein „Bestsellerautor". Außerdem war zu jenem Zeitpunkt meine Pensionierung noch in weiter Ferne.

Fortan begann ich allerdings, nicht alltägliche Ereignisse im Dienstablauf, positive und negative Begebenheiten oder Erlebnisse stichwortartig in meinem Dienstkalender zu notieren und diese aufzubewahren. So entstand über die Jahre hinweg eine Art persönliches Diensttagebuch.

Ein guter Freund, von Beruf Buchhändler, ermutigte mich immer wieder, doch endlich meine Geschichten niederzuschreiben. Und jedes Mal schob ich diesen Gedanken weit von mir weg!

Über drei Jahre sind nun schon seit dem letzten Gespräch vergangen. Mittlerweile befinde ich mich im dreißigsten Dienstjahr. Langsam, aber sicher bekommt die Idee, bzw. die Aufforderung von damals konkretere Formen und Konturen. In meiner Freizeit und während der Zugpausen setze ich mich hin und beginne zu schreiben. Nach und nach entwickele ich auch meinen eigenen Stil. Während des Schreibens durchlebe ich jede Geschichte förmlich noch einmal. Es macht unheimlich viel Spaß, ein Stück selbst erlebter Eisenbahngeschichte aufzuschreiben, mit dem Gedanken zu liebäugeln, dass diese Seiten vielleicht einmal als Buch gedruckt und somit vielen Leuten zugänglich gemacht werden könnten.

Möglicherweise trägt dann die Schilderung meiner Erlebnisse mit dazu bei, dass die Meinung einer breiten Mehrheit der Bevölkerung über den Beruf eines Zugbegleiters wieder etwas zurechtgerückt wird. Möglicherweise gelingt es mir sogar, im Sinne der Unternehmensleitung ein abwechslungsreiches und interessantes Bild von den Aufgaben eines Zugbegleiters darzustellen. Wer gerade wie ich und meine Kollegen im täglichen Umgang mit den unterschiedlichsten Gruppierungen von Menschen zu tun hat, (fremde Religionen oder Weltanschauungen, andere Nationalitäten und Hautfarben), der wird jeden Tag neu herausgefordert!

An manchen Tagen gelingt einem sehr vieles und es überwiegt das Positive, an anderen Tagen ist es halt leider umgekehrt. Von solchen Eisenbahneralltagen und -situationen handeln die nachfolgenden Geschichten.

Das kleine „s" – oder fatale Folgen

Jung, dynamisch, unbekümmert und – unaufmerksam!
In den Anfängen meiner Laufbahn, also in den turbulenten Siebzigern, ereignete sich folgender Fall. Ich war eingeteilt als Zugschaffner einen Schnellzug von Stuttgart nach Würzburg und zurück zu begleiten. Für mich stellte die Aufgabe kein Problem dar, war ich doch auf dieser Strecke zu Hause. Während meiner Ausbildung fuhr ich wöchentlich diese Strecke von meinem Zimmer im Ledigenwohnheim im Stuttgarter Norden zu meinen Eltern, die auf dem flachen Land wohnten. Ich stand also, wie man so schön sagt, mit jedem Baum und Strauch auf "du" und "du". Zumal ich bei meiner mündlichen Prüfung zum Zugführer alle Haltebahnhöfe für Eilzüge vor- und rückwärts aufsagen musste, die sich auf der Kursbuchstrecke 780 von Würzburg nach Stuttgart befanden.
Die Hinfahrt verlief ohne nennenswerte Ereignisse. Wenn ich auch vor meinem Zugführer, Herrn Emil B., ein bisschen Angst hatte. Er gehörte zu der Sorte von Menschen, die schon als Erwachsene geboren werden. Sie verlangten von uns jungen Kollegen die gleiche Erfahrung wie von den altgedienten Zugschaffnern. Außerdem redeten diese Herren Zugführer mit uns jüngeren Mitar-

beitern nur in der „dritten Person". Auch legte Herr Emil B. großen Wert auf eine korrekte Indienstmeldung. Das hörte sich dann so an: "Guten Morgen Herr Oberzugführer! Mein Name ist Ewald Rumm, ich begleite den Schnellzug D 792 als Zugschaffner bis Würzburg!" Danach durchbohrten seine Blicke meinen Körper. Wehe, der Krawattenknoten saß nicht richtig oder die Schuhe waren nicht geputzt! Bei mir schien an diesem Morgen alles in Ordnung zu sein. „Hat Er diesen Zug schon mal gefahren? Hat Er sich notiert, wo der Zug überall hält und wo an den Knotenbahnhöfen Anschlüsse zu beachten sind?"
Ich hatte diese Frage erwartet. Aus meiner Jackentasche zog ich einen sorgfältig gefalteten Zettel, darauf hatte ich fein säuberlich alles notiert. Wohlwollend nickte er mir zu. „Wenn Er weiterhin so aufmerksam und korrekt arbeitet, kann aus Ihm noch ein ganz großer werden!" Diese Worte gingen bei mir runter wie Öl.
Die Fahrt bis Würzburg verlief wie im Fluge. Nach einer Pause, die wir gemeinsam in der Kantine verbracht hatten, traten wir die Rückfahrt an.
Bei der Zugübernahme im Bahnhof Würzburg begann ich sofort mit der sogenannten „Vollkontrolle" meiner vom Herrn Zugführer zugeteilten Wagen. „Guten Tag, Personalwechsel, die Fahrkarten bitte!" mit diesen einleitenden Worten kontrollierte ich jeden einzelnen Fahrgast. Ich

gab bereitwillig Auskunft oder wies die Reisenden auf ihre Umsteigemöglichkeiten hin.

Es war nach dem zweiten Haltebahnhof, auf dem Weg meiner Zustiegskontrolle, als mich eine ältere Frau, die allein im Abteil saß, ansprach: „Herr Schaffner, fahren wir auch richtig? Die Gegend hier kommt mir so unbekannt vor."

„Klar sind wir auf dem richtigen Weg. Sie sollten vielleicht öfters mit der Bahn verreisen und sich dabei die Örtlichkeiten besser einprägen!" So sprach ich und verschwand wieder, um mit meinen Aufgaben fortzufahren. Ich dachte noch nebenbei, würde ich vielleicht auch einmal so vergesslich werden wie diese ältere Dame?

Nach der Abfahrt des dritten Haltes, Bahnhof Möckmühl, kam besagte Frau auf mich zu und meinte wieder: „Nicht nur, dass mir die Gegend da draußen völlig fremd ist, nein, auch die Bahnhofsnamen sind mir nicht bekannt. Ich reise drei- bis viermal im Jahr zu meiner Tochter in das schöne Frankenland, aber diese Strecke bin ich noch nie gefahren!"

In mir stiegen langsam Zweifel auf. Was ging hier vor, was war hier falsch? Ich hatte diese Frau doch kontrolliert! Sie war im Besitz einer Rückfahrkarte, „edmonsonsches" Format, von Hamburg über Würzburg nach Heilbronn am Neckar. Um wirklich alle Zweifel zu beseitigen, ließ ich mir nochmals den Fahrausweis zeigen.

Sch...! Mir wurde abwechselnd heiß und kalt. Mit hochrotem Kopf stammelte ich ein „Moment bitte!" und rannte schnurstracks mitsamt der Fahrkarte zum Zugführer. Wie weggeblasen war auf einmal meine jugendliche Unbekümmertheit. Nichts war mehr übrig von meiner Selbstsicherheit, ich war dem Heulen nahe! Der Zugführer schaute nur kurz auf die Fahrkarte und herrschte mich dann in urschwäbischem Dialekt an: „Du Saubachel, du Rindvieh, koosch net aufbasse?"

Diese Frau besaß eine Fahrkarte nach H e i l s – b r o n n bei Nürnberg und nicht, wie ich gelesen hatte, nach H e i l b r o n n am Neckar! Wie Schuppen fiel es mir von den Augen. Seit Würzburg saß nun die Frau im falschen Zug, durch meine fatale Unaufmerksamkeit. Jetzt war guter Rat aber teuer! Zurückschicken nach Würzburg wäre allein von der Zeit her nicht mehr möglich gewesen. Also blieb mir nichts anderes übrig als das "dicke" Kursbuch zu wälzen. Ich musste retten, was noch zu retten war.

Der nächste Knotenbahnhof war Bad Friedrichshall-Jagstfeld. Keine Möglichkeit zum Umsteigen, da die falsche Richtung! Mit schweißnassen Händen blätterte ich fieberhaft im Kursbuch. Verdammt, es musste einfach eine Lösung geben. Stop! Von Heilbronn fahren doch Züge in Richtung Schwäbisch-Hall Hessental mit Anschluss nach Aalen und weiter nach Nürnberg. Mit trockener Kehle und zittrigen Fingern suchte ich nach der Verbindung. Es musste einfach klappen. Der Zugführer stand die ganze Zeit neben mir, wippte mit seinem massigen Körper und grinste. Er weidete sich an meiner von mir selbst herbeigeführten Lage. Bei der Einfahrt in den Hauptbahnhof Heilbronn hatte ich die Verbindung bis Nürnberg auf einen Zettel geschrieben. Leider nur bis Nürnberg, aber immerhin!

Jetzt schnell zurück zu der Dame, sie um Verzeihung und Entschuldigung bitten, beim Aus- bzw. Umsteigen behilflich sein, dem Aufsichtsbeamten noch kurz die verfahrene Situation schildern, ihn um Verständnis und Mithilfe ersuchen und hoffen, dass ich diesmal keinen Fehler gemacht hatte.

Mit weichen Knien meldete ich meinen Zug fahrbereit. Zurück im Dienstabteil meinte der Zugführer zu mir: „An deiner Stelle würde ich eine Meldekarte fertigen und mich selbst anzeigen!"

Nach diesem Vorfall sehnte ich nur noch meinen Feierabend herbei. Nach Dienstschluss nahm ich einen Block Meldekarten aus dem Schrank für betriebliche Vordrucke und verließ dann wie ein begossener Pudel den Bahnhof. In meinem Zimmer im Ledigenwohnheim fertigte ich sodann einen Bericht über diese Begebenheit.

Anderntags, ich hatte frei, brachte ich persönlich den Bericht zum Leiter des Zugbegleitdienstes. Er war sehr verwundert über meine Selbstanzeige, doch nach einer Weile musste er schmunzeln.

Er konnte mir ja keinen groben oder fahrlässigen Verstoß gegen eine Vorschrift nachweisen, es war lediglich das kleine „s", über das ich in meinem jugendlichen Leichtsinn und Übermut gestolpert war. „Passen Sie bitte in Zukunft besser auf, damit sich solche Klöpse nicht wiederholen!" Ich versprach ihm, künftig genauer aufzupassen und sorgfältiger zu arbeiten.

Ich habe von dieser Sache nie mehr etwas gehört, weder im Schlechten noch im Guten.

Sollten diese Zeilen jemals veröffentlicht werden und von dieser Frau oder ihrer Tochter gelesen werden, so bedanke ich mich hiermit für das aufgebrachte Verständnis.

Ski-Express nach Oberstdorf – oder wie man in die Bildzeitung kommt

Ein Sonntagmorgen im Monat Dezember um vier Uhr in der Frühe! Der Wecker schrillt mit seinem erbarmungslosen Getöse. Aufstehen ist angesagt. Dienstbeginn ist heute um 5.19 Uhr. Ein Sonderzug ist zu begleiten von Stuttgart Hauptbahnhof nach Oberstdorf. Einen Gesellschaftssonderzug mit schneehungrigen Skifahrern galt es in das verschneite bayrische Skigebiet zu bringen. Vor der Hinfahrt war mir nicht bange, wollte doch jeder der Skihasen erst einmal ohne Alkohol zur Piste gelangen.

Mein Junggesellenfrühstück (eine Tasse Kaffe und mindestens eine Zigarette) war schnell zubereitet. Morgentoilette, Bettenmachen, die Tasse ausspülen und das Fenster auf "kipp" stellen, das alles lief schon ganz mechanisch ab. Ein letzter Blick in den Spiegel, jawohl, die Krawatte sitzt wie immer ordentlich. Flüchtig streifte ich noch meine Armbanduhr über – jetzt aber hurtig, sonst fährt der Vorortzug ohne mich zum Stuttgarter Hbf!

Auf meiner Dienststelle angekommen begrüßte ich zuerst die Kollegen und erkundigte mich dann nach dem Verbleib meines Schaffners. Der diensthabende Fahrmeister übergab mir meine erforderlichen Unterlagen für die bevorstehende

Zugfahrt. Mittlerweile war auch der Schaffner eingetroffen. Gemeinsam besprachen wir die Vorgehensweise im und am Zug. Bei solch einer Fahrt musste jeder wissen, was er wann und wie zu tun hatte. Schließlich hatte der Zug neun Wagen und zusätzlich war im Bahnhof Ulm Hbf Lokwechsel!

Es war so um die null Grad auf dem Bahnsteig, als der Zug bereitgestellt wurde. Die ersten Fahrgäste standen schon frierend und von einem Bein auf das andere tretend da und warteten mit ihren Skiern auf den warmen Zug. Während ich den Zug aufschrieb, machte mein Mitarbeiter Licht und öffnete die Ladetür des Gepäckwagens, um die Skier der Reisenden dort zu verstauen. Es herrschte ein munteres Hin und Her.

„Na, Schaffner, auch schon aufgestanden?" rief mir ein junges Mädchen mit einem knallgelben Skianzug freundlich zu. Eine Frau Ende dreißig rempelte mich fast an und meinte: „Zugführer, ich bin von der Presse, darf ich mal ein Bild von dir machen?" „Sicher, aber erst, wenn ich mit der Arbeit fertig bin!" „Abgemacht. Aber nicht vergessen! Mich findest du an der Bar!"

Wenn diese Frau von der Presse war, bin ich der Kaiser von China, schoss es mir durch den Kopf. Die Frau hatte eine penetrante Alkoholfahne!

Pünktlich verließ unser Zug den Stuttgarter Hbf in Richtung Oberstdorf. Die ersten Tanzhungrigen trafen sich im Tanzwagen, um ihre Musikwünsche dem Diskjockey mitzuteilen. Aus jedem Zugabteil dröhnten die Gassenhauer der bekannten Interpreten, die einfach zu so einer Fahrt dazugehören. Ich suchte in dem hektischen Treiben noch den Reiseleiter, um mit ihm die Einzelheiten der Zugfahrt sowie die Fahrscheinkontrolle zu besprechen. In der Tonkabine des DJ wurde ich fündig. Hier trafen sich die ersten Schönheiten, die diesen Zug nicht primär zum Skifahren benutzen wollten. Klar, auch Pistenhasen gehören zu diesem munteren Treiben dazu, genauso wie das Après-Ski!

Unser Zug war heute ausnahmsweise nicht ganz ausgebucht. Dies lag zum einen daran, dass bis Freitag die Schneeverhältnisse nicht sonderlich gut waren, zum anderen wurde diese Fahrt kurzfristig angesetzt. Das tat aber der Stimmung keinen Abbruch.

Kurz vor der Ankunft in Ulm fertigte ich die Betriebsunterlagen für die Weiterfahrt mit einer Diesellok. Nach dem Lokwechsel setzten wir unsere Fahrt fort. Nun zog uns eine schwere, tiefbrummende Lok der Baureihe 218 in eine immer stärker verschneite Winterlandschaft. Leider hatten mein Kollege und ich keine Augen für das „Draußen", denn wir mussten noch unsere Fahrscheinkontrolle durchführen.

Mit sieben Minuten Verspätung trafen wir in Oberstdorf ein. Mit lautem Getöse und Hurra-Rufen verließen unsere Fahrgäste den Zug. Mein

Mitarbeiter und ich gingen jetzt durch den Zug, um liegengelassene Gegenstände einzusammeln und im Dienstabteil zu hinterlegen. Was da alles zusammenkam! Mützen, Handschuhe, Schals; ja selbst eine Geldbörse mit dreihundert Mark haben wir gefunden und sichergestellt.

So, nun war erst einmal Frühstück angesagt. Im Bahnhofsrestaurant ließen wir uns fürstlich bedienen. Ein deftiges Stück bayrischer Leberkäse mit Spiegelei, Zwiebeln und einer Semmel, das war jetzt genau das, was wir benötigten. Dazu wurde uns eine große Kanne Kaffee gebracht.

Nach dem reichhaltigen Frühstück hatten wir uns entschlossen, einen Bummel durch den Ort zu machen. Es war halt etwas ganz anderes, durch eine verschneite Straße zu gehen als in Stuttgart durch den Schneematsch zu waten! Tief sogen wir die herrlich reine Winterluft ein. Als wir noch in Gedanken dahinschlenderten, waren wir plötzlich am Eisstadion. Sehnsüchtig glitten unsere Blicke hinauf auf die bezaubernde Bergwelt. Unsere Fahrgäste werden sich wohl köstlich amüsieren dort oben auf der Hochebene. Schade eigentlich, dass wir uns nicht auch beteiligen dürfen an diesem munteren Treiben, aber das ist nicht vereinbar mit der Pausenregelung und der internen Unfallverhütungsvorschrift. Wir schauten noch bei dem Restaurant „Kupferpfanne" vorbei, um die aushängende Speisekarte zu studieren. Mit dem heutigen Angebot waren wir hoch zufrieden.

Da wir nichts Besseres vorhatten, beschlossen wir, uns etwas hinzulegen.

Nach dem Mittagessen schlenderten wir gemächlich in Richtung Kleines Walsertal. Wir waren einfach überwältigt von dieser tief verschneiten, herrlichen Winterlandschaft. Langsam wurde es aber für uns Zeit, zum Standort zurückzukehren. Der Zug musste wieder aufgerüstet werden, das hieß, den Zug aufschreiben, eine komplette Bremsprobe durchführen und Licht anmachen sowie den Bremszettel und den Betriebsleistungszettel erstellen!

Gegen 18.00 Uhr kamen dann auch schon die ersten erschöpften und zum großen Teil frierenden Ausflügler von der Piste zurück. Mit roten Nasen stellten sie ihre Skier ab und freuten sich auf die angenehme Wärme in unserem Zug. Der DJ ließ die ersten Scheiben kreisen, um die Stimmung langsam von unten her hochzufahren. Schließlich mussten sich unsere Fahrgäste erst einmal aufwärmen. Dem Reiseleiter übergab ich eine Liste der gefundenen Gegenstände, damit dieser mittels Bordmikrofon die Eigentümer ermitteln konnte.

„Zugführer, wir sind auf dem Rückweg zwei Personen weniger!" Ein Fahrgast teilte mir dies mit einem verschmitzten Lächeln mit.

„Warum?" fragte ich. „Weil zwei Kampfhähne um die Gunst eines Pistenhasens wie die Irren einen Abhang hinabdonnerten. Dabei kamen sie so sehr in Fahrt, dass sie die Kontrolle verloren haben und gestürzt sind. Beide wurden von der Bergwacht mit gebrochenen Gliedmaßen zu Tal gebracht."

Das war natürlich ärgerlich für die Betroffenen, aber alltäglich für die Sanitäter und Ärzte in diesem Gebiet. Es soll ja auch böse Zungen geben, die behaupten, ein Skifahrer, der noch nie ein Gipsbein hatte, könne überhaupt nicht Ski fahren! So, nur noch wenige Minuten bis zur Abfahrt unseres Zuges. Jetzt begann der schwerste Teil unserer Arbeit. Viele unserer Fahrgäste hatten den ganzen Tag über nichts oder nicht viel gegessen. Sie waren durchgefroren und wärmten sich mittels Glühwein und anderen alkoholischen Getränken an der Bar auf. Jetzt galt es als Zugbegleiter hellwach zu sein! Einerseits stand die Sicherheit der Zugfahrt an oberster Stelle, andererseits musste man ein Händchen dafür haben, nicht alles, was Spaß macht, zu verbieten. Feingefühl und Urteilsvermögen waren bei solchen Zügen genauso gefragt wie eine gesunde Portion Menschenkenntnis.

Noch eine Minute bis zur Abfahrt. Über die Lautsprecheranlage auf dem Bahnsteig ertönte die Aufforderung, einzusteigen, die Türen zu schließen, der Zug fährt in Kürze ab! Ich beobachtete noch von meiner Türe den anfahrenden Zug, und als ich sicher war, dass die automatische Türverriegelung in Kraft war, schloss auch ich meine Tür. Jetzt begann der Arbeit zweiter Teil.

Sofort nach der Abfahrt begrüßte der Reiseleiter unsere Gäste, auch mit dem Hinweis, dass die gefundenen Gegenstände im Dienstabteil des Zugführers abzuholen seien.

Im Tanzwagen war schon richtig was los! Hier tanzte der Bär. Mein Schaffner hatte die vier Wagen hinter dem Tanzwagen zu beaufsichtigen, ich die vier vorderen. Die Arbeitsverteilung war gerecht. Die bei mir deponierten Fundsachen wurden nacheinander abgeholt. Übrig blieb nur die Geldbörse. Innerhalb der nächsten drei Stunden bis zur Ankunft in Stuttgart wird sich wohl jemand melden, dachte ich.

Ab und zu lief ich durch meine Wagen, um nach dem Rechten zu sehen. Eine Ermahnung da, ein erhobener Zeigefinger dort, heute ging wohl alles glatt, vielleicht zu glatt? Im Tanzwagen war die Hölle los! Aber um zu meinem Dienstabteil zu kommen, musste ich da durch. Ich schlängelte mich durch die tanzende Menge bis zu meinem Abteil. Ich staunte nicht schlecht, als vor der Türe das junge Mädchen mit dem knallgelben Skianzug stand.

„Na, kann ich etwas für dich tun?" fragte ich.

„Hast du mich denn nicht heute Morgen schon so nett begrüßt?"

„Ich habe meine Geldbörse verloren und den ganzen Tag noch nichts gegessen! Wurde hier im

Zug keine gefunden?" „Doch", entgegnete ich, „hast du die Durchsage nicht gehört? Wenn du mir noch sagen kannst, wie die Geldbörse aussieht und wie viel Geld sich darin befand, darf ich sie dir aushändigen!"

Ihre Angaben stimmten, also gab es für mich keinen Zweifel, dass sie die rechtmäßige Eigentümerin der Geldbörse war. Ich wollte ihr gerade das Fundstück übergeben, da warf sie sich mir um den Hals und hauchte, vor Scham errötend, ein „Danke" an mein Ohr. „Weißt du was", meinte sie, „jetzt wird getanzt!" „Aber ich kann doch gar nicht tanzen", entgegnete ich. "Und schon gar nicht in Uniform!"

„Papperlapapp, keine Ausrede, jetzt kommst du mit!" Sie zog mich einfach auf die Tanzfläche. Aus den Lautsprechern dröhnte gerade der „Ententanz". Mir sollte es recht sein, brauchte man doch zu dieser Weise nur bestimmte entenartige Bewegungen zu machen. Als der DJ dies sah, machte er folgende Durchsage: „Herrschaften, aufgepasst! Hier tanzt der Zugführer Ewald Rumm persönlich." Wie von Geisterhand bewegt, hörten die anderen auf zu tanzen und starrten auf mich und meine unbekannte Partnerin. Klar, jeder, der eine schussbereite Kamera hatte, hielt drauf. Was für ein Bild! Ein tanzender Zugbegleiter inmitten von ausgelassenen Fahrgästen! Ein Blitzlichtgewitter prasselte auf uns nieder. Nachdem das Lied verklungen war, ernteten wir tosenden Beifall. „Zugabe, Zugabe!" riefen die Gäste, aber ich war nicht mehr dazu bereit. „Bist du immer so gut drauf?" fragte mich meine Zufallsbekanntschaft. „Man tut eben sein Bestes, damit sich die Fahrgäste wohlfühlen." entgegnete ich. Wir erzählten weiter miteinander und fanden uns sofort sympathisch.

Kurz vor Ulm fertigte ich die betrieblichen Unterlagen für den erneuten Lokwechsel vor. Meine Bekannte wich mir nicht mehr von der Seite und beobachtete mein ganzes Tun. „Dein Job ist aber sehr vielfältig, oder?" meinte sie. „Ja, obwohl die meisten Handlungsabläufe vorgeschrieben sind, ist der Umgang mit den Menschen im Zug sehr unterschiedlich. In einem Sonderzug befinden sich andere Fahrgäste als in einem Inter-City Zug! Das ist eben der Reiz dieser Tätigkeit, dass man sich jeden Tag auf andere Situationen einstellen muss. Daher kennen viele Zugbegleiter die Wörter eintönig und langweilig überhaupt nicht."

Auf dem letzten Teil unserer Fahrt kamen wir uns näher. Zuerst mit einem scheuen Lächeln, dann händchenhaltend und endlich der erste Kuss! Mir wurde ganz anders. Sollte sich aus dieser zufälligen Bekanntschaft etwas entwickeln? Mir konnte es recht sein, war ich doch seit geraumer Zeit solo. Die Fahrt verging wie im Flug, selten hatte ich einen so angenehmen und ruhigen Arbeitstag verbracht. Es lag natürlich auch an meiner Mannschaft, dass alles reibungslos über die Bühne ging. Reiseleiter, Tontechniker und das Barpersonal, alle waren bei der Deutschen Bundesbahn beschäftigt. Es gab weder Streitigkeiten unter den Fahrgästen, noch herrschte Vandalismus.

Nach der Ankunft in Stuttgart hieß es Abschied nehmen von dem netten Mädchen! Wir tauschten noch kurz unsere Adressen und Telefonnummern aus und verabschiedeten uns. Meine Mitarbeiter und ich rüsteten den Zug ab und brachten die Betriebsunterlagen zur Fahrmeisterei. Langsam ließ auch bei mir die Anspannung des Tages nach und machte einem wohligen Glücksgefühl Platz.

Als ich am Dienstagmorgen zum Dienst erschien, traute ich meinen Augen und Ohren nicht: Ein Ausschnitt der Bildzeitung zeigte mich, wie ich in voller Uniform den Ententanz vorführte! Die Frau von der Presse, schoss es mir wieder durch den Kopf. Also doch! Nicht nur mit Bild, auch mit Kommentar war mein Tun fast haarklein beschrieben. Spott und Schadenfreude erntete ich von den Kollegen. Mein Gruppenleiter rief mich zu sich und teilte mir mit, dass ich mich beim zuständigen Dezernenten melden sollte.

Jetzt ist alles aus! Jetzt kann ich nur noch den Bahnsteig fegen! Solche Gedanken rasten mir durchs Gehirn, während ich den schweren Gang nach Kanossa antrat. Ich hatte einen trockenen Mund, brachte überhaut keinen Ton heraus, zitterte und bekam Schweißausbrüche. Endlich war

ich in dem Vorzimmer des Dezernenten angekommen. Eine freundliche Dame bot mir Platz
an, aber ich war zu aufgeregt, um der Aufforderung nachzukommen. Nach, wie mir schien, endlos langen Minuten, betrat ich das Zimmer des
Dezernenten. Ein grauhaariger, großgewachsener
Mann kam freundlich lächelnd auf mich zu,
streckte mir die Hand entgegen und begrüßte
mich. „Sie wissen wohl gar nicht, warum Sie bei
mir sind?" „Doch, weil ich am Sonntag den Zug
nach Oberstdorf begleitet habe und gestern in der
Bildzeitung ein Bild von mir war!" Warum sollte
ich auch lügen. Mir war klar, dass ich mich in
diesem Falle nicht korrekt verhalten hatte, so wie
man es von einem preußischen Beamten erwarten
durfte.

„Herr Rumm, ich möchte mich im Namen der
Deutschen Bundesbahn bei Ihnen bedanken! Sie
haben bei dieser Fahrt bewiesen, dass es sehr
wichtig ist, die Fahrgäste in den Vordergrund zu
stellen, auf ihre Bedürfnisse einzugehen und nicht
immer den sturen Beamten, der alles verbietet,
herauszukehren. Hätten wir nur mehr von der
Sorte wie Sie, die Deutsche Bundesbahn stünde
in den Augen der Bevölkerung besser da. Bitte
machen Sie in diesem Sinne weiter! Bleiben Sie
in erster Linie Mensch, und Sie werden bestimmt
Ihren Weg bei unserem Unternehmen machen."
Zu diesem Zeitpunkt verstand ich die Tragweite
der Äußerung noch nicht ganz. Freudestrahlend

kehrte ich wieder zur Dienststelle zurück. Es hatte sich mittlerweile wie ein Lauffeuer herumgesprochen, dass ich nicht disziplinarisch bestraft wurde, sondern statt dessen ein dickes Lob eingeheimst hatte. Diese Fahrt und die daraus entstandene Geschichte haben mein späteres Arbeitsleben sehr beeinflusst.

14.00 Uhr Bereitschaft – oder alles kann passieren

Der Wecker schellt. Es ist Sonntagmorgen - 10.00 Uhr. Nein, denke ich, jetzt noch nicht! Ich habe die Decke über den Kopf gezogen, das Kissen in die richtige Position geknüllt und will weiterschlafen. Ich bin noch sehr müde. Schließlich kam ich erst weit nach Mitternacht mit meinen Freunden vom Bergwandern aus Südtirol zurück.

Ein Blick auf die Uhr. Jetzt aber hurtig! Es ist 10.40 Uhr. Ich habe zwar erst um 14.00 Uhr Bereitschaft, aber gemütlich frühstücken muss sein. Kaffeekochen, Wanderrucksack auspacken und eine Maschine Wäsche waschen, das will ich noch erledigt haben, bis dass ich das Haus verlasse. Für den Gelenk- und Muskelschmerz gönne ich mir ein Entspannungsbad. Frohgelaunt und guter Dinge verlasse ich die Wohnung.

Gegen 15.00 Uhr eröffnet mir der Fahrmeister, dass ich einen Vorzug nach Mainz fahren müsse, da der Hauptzug fast 30 Minuten Verspätung hat. Vor meinem geistigen Auge sehe ich den Fahrplan. Wenn ich mit dem Vorzug in den Fahrzeiten des Hauptzuges fahren könnte, hätte ich dreißig Minuten Zeit zum Umsteigen in Mainz. Wenn ich auch pünktlich in Stuttgart zurück sein würde, wäre die Bereitschaft gelaufen. Ja, wenn da nicht... Aber alles der Reihe nach!

Mein Vorzug war aus vier Wagen zweiter Klasse und einem Wagen erster Klasse gebildet. Für das leibliche Wohl sorgte eine Minibar.

In der ersten Klasse fiel mir eine junge Frau auf, zum einen, weil sie keinen Fahrschein hatte, zum anderen, weil sie sehr modisch und elegant gekleidet war. Ich verkaufte ihr einen Fahrschein nach Münster/Westfalen, dem Endbahnhof dieses Zuges. In der zweiten Klasse hatte ich hier und da kleine Unstimmigkeiten zu bereinigen. Es handelte sich meistens um Platzreservierungen, die nicht vorhanden waren, oder um den fehlenden Speisewagen. Geduldig nahm ich alles zur Kenntnis und versuchte, die Gemüter etwas zu beruhigen. Natürlich, einem Fahrgast nützt es wenig, wenn der Zug, den er benutzen möchte, mehr als eine halbe Stunde Verspätung hat und er dann zu allem Überfluss einen anderen nicht ganz so komfortablen Ersatzzug nehmen muss. Aber bis Heidelberg hatte ich alles im „Griff".

Zwischen Heidelberg und Mannheim fertigte ich meine Unterlagen für die Statistik. Abfahrt Bahnhof Mannheim - noch 41 Minuten bis zur Ablösung. Ich kontrollierte den Zug von hinten nach vorne durch. In der ersten Klasse lächelte mir die junge Frau, die bei mir einen Fahrschein gekauft hatte, freundlich zu. Höflich erwiderte ich das Lächeln. Noch ein paar Minuten und ich werde diesen Zug verlassen, dachte ich. Gerüstet zur Zugübergabe stand ich wie ein Zinnsoldat an der

Ausgangstüre. Aber die Enttäuschung war groß, als die Oberaufsicht in Mainz mir mitteilte, dass ich nicht abgelöst werden konnte. Ich sollte weiterfahren bis Köln, dort würde die Bereitschaft den Zug übernehmen. Auch gut, dachte ich, so bekomme ich in Köln den letzten IC-Zug nach Stuttgart und bin um Mitternacht zu Hause.

Bei der Zustiegskontrolle nach dem Bahnhof Mainz sprach mich die junge Dame in der ersten Klasse an. „Sie sind ja immer noch da! Sollten Sie nicht in Mainz abgelöst werden?" „Schon", entgegnete ich, „aber es war wohl niemand mehr da!" „Darf ich Ihnen einen Kaffee anbieten auf diese Enttäuschung?"

Da die Kontrolle im Zug beendet war, sah ich keine Veranlassung, die Einladung dieser Frau auszuschlagen. Bei der Minibar orderte sie die zwei Getränke. Ob ich denn öfter diese Strecke fahre, fragte mein Gegenüber. „Ein- bis zweimal die Woche befahre ich diese in Deutschland wohl einmalige Rheinstrecke, jedoch immer zu anderen Zeiten", entgegnete ich.

Wir plauderten eine ganze Weile über alles Mögliche, das Wetter, die Arbeit eines Zugbegleiters und über die Deutsche Bundesbahn als Staatsunternehmen. Kurz vor Koblenz verabschiedete ich mich von der Dame. Sie bedankte sich mit einem bezaubernden Lächeln für die nette Unterhaltung.

Zwischen Koblenz und Bonn telefonierte ich mit der Oberzugleitung, um sicherzustellen, dass ich auch in Köln Hbf abgelöst werde. Man versprach mir, dort anzurufen und alles in die Wege zu leiten. Mir kamen langsam Zweifel. Warum wussten die auf der Oberzugleitung nichts von meiner Ablösung in Köln? Je näher wir auf Köln zurollten, desto nervöser wurde ich. Ich hatte doch nur 7 Minuten Zeit zum Umsteigen!

Köln, Gleis 1. Weit und breit kein Zugbegleiter in Sicht. Plötzlich tippte mir jemand von hinten auf die Schulter. „Sorry, Kollege, aber wir haben wegen eines Personenunfalls keine Bereitschaft mehr. Nach Rücksprache mit der Oberzugleitung und deinem Fahrmeister in Stuttgart bitten wir dich, den Zug bis zum Endbahnhof Münster/W zu begleiten!" „Aber von da bekomme ich keinen Zug mehr zurück nach Stuttgart", so mein Einwand. „Dann musst du dort übernachten, Herr Kollege!"

Das war leichter gesagt als getan. Zu dieser Zeit bot man einem Zugbegleiter kein Hotelzimmer an, nein, man hatte seinen „Übernachtungsbeutel" mitzuführen und im Bahnhof in einem zugewiesenen Zimmer zu schlafen. Dieser Übernachtungsbeutel beinhaltete außer persönlichen Toilettenartikeln nur noch ein blau-weißes riesiges Laken. Nicht nur, dass ich keine Toilettenartikel dabei hatte, ich hatte auch keine Wäsche zum Wechseln. Meine Gedanken rasten hin und her. Würde ich überhaupt ein Zimmer in Münster/W bekommen oder waren alle belegt? Mir blieb keine Zeit mehr zum Überlegen, hier musste ich durch, egal wie.

Missmutig und schlecht gelaunt meldete ich meinen Zug fertig. Vielleicht gab es ja doch noch eine Möglichkeit, mit einem Nachtzug oder Güterzug zurückzufahren. „Hallo, Herr Schaffner, einen Moment bitte!" Ich drehte mich um. Die junge Dame aus der ersten Klasse rief hinter mir her. „Was kann ich für Sie tun?" „Nichts, aber Sie sehen aus, als wären Sie von einem Panzer überrollt worden." „Das kann man wohl sagen! Stellen Sie sich vor, ich kann nicht mehr abgelöst werden. Jetzt muss ich zusehen, wie ich im Bahnhof Münster ein Zimmer für die Nacht bekomme." „Wenn es weiter nichts ist, dann kommen Sie einfach mit zu mir!"

Mir verschlug es die Sprache! Was sollte ich denn von dieser Offerte halten? Zugegeben, die Frau war mir nicht unsympathisch, wir waren auch etwa in einem Alter. Aber sie war doch verheiratet! Jedenfalls trug sie einen Ehering. „Das kann ich nicht annehmen", stammelte ich verlegen und merkte, wie ich puterrot anlief. „Vielleicht überlege ich mir das Angebot ja noch, vielen Dank!"

Noch 25 Minuten bis zum Erreichen unseres Endbahnhofes Münster/W. Plötzlich klopfte es an meine Abteiltüre. Die junge Dame aus der ersten Klasse stand mit einem Lächeln vor der Türe. „Ja, bitte", stammelte ich, „was kann ich für Sie tun?"

„Hast du dir meinen Vorschlag überlegt oder bekomme ich einen Korb?" Hätte ich in diesem Moment nicht gesessen, ich glaube, meine Füße hätten mir den Dienst versagt. Diese Frau stand einfach nur da und lächelte mich an. „Doch, doch", stotterte ich, „wenn Sie sich einen Moment gedulden wollen." „Warum so förmlich? Willst du mich nicht duzen?"

In diesem Moment hatte ich einen ganz trockenen Hals. Wie in Trance meldete ich den Zug an die Bahnsteigaufsicht fertig. „Zugführer, du sollst deinen Fahrmeister in Stuttgart anrufen!" hörte ich den Aufsichtsbeamten sagen. Ich rief an und teilte ihm mit, dass ich erst am nächsten Tag gegen Mittag eintreffen werde. „Ich glaube, es ist an der Zeit, dass wir uns bekannt machen." Mit diesen Worten kam die junge Frau mit ausgestreckten Armen auf mich zu und hauchte mir ihren Namen ins Ohr. „Angenehm, ich heiße Ewald." Der Bann war endgültig gebrochen. Von nun an gab es für mich kein Zurück mehr. Diese Frau hatte mich in ihren Bann gezogen. Mit einem Taxi fuhren wir zu ihr.

In der Wohnung angekommen, kamen mir die ersten Zweifel, ob diese Entscheidung richtig war. Die Frau war doch verheiratet. Aber wo war ihr Ehemann? Trug sie den Ehering nur als Tarnung? Warum bewohnt eine junge und sehr attraktive Frau eine teuer und stilvoll eingerichtete Vierzimmerwohnung? War sie gar aus dem Milieu? Fragen, auf die ich keine passende Antwort wusste. „Ich glaube, ich bin dir eine Erklärung schuldig", sagte meine Gastgeberin.

Sie öffnete eine Flasche Sekt und wir setzten uns im Wohnzimmer gegenüber. Sie begann, mir ihre ganze Lebensgeschichte zu erzählen. Sie war seit einem Jahr verheiratet mit einem 18 Jahre älteren Mann. Er sei Pilot bei der Lufthansa und ständig unterwegs. Sie hatten sich vor anderthalb Jahren Hals über Kopf in einer Diskothek verliebt und ebenso schnell geheiratet. Sie war einfach dem Flair der großen weiten Welt erlegen! Am Anfang hatte sie ihr Ehemann, wenn möglich, überallhin mitgenommen, aber seit er vom Copiloten zum Flugkapitän berufen worden war, wurden diese Trips immer seltener. „Ich komme aus einfachen Verhältnissen, ich habe Verkäuferin gelernt und diesen Beruf mit Freude ausgeübt. Mein Mann hingegen verbietet mir das Arbeiten! Es sei unter seiner Würde, meint er, dass seine Frau einer Beschäftigung nachgeht. Mein Vater hat mich immer vor dieser Sorte Mensch gewarnt. Leider habe ich nicht auf ihn gehört. Erst jetzt begreife ich, in was für eine Sache ich mich da verrannt habe. Ich bin gefangen in einem goldenen Käfig." „Bitte, trink nicht so schnell!" sagte ich, „Davon wird es auch nicht besser."

Es war erstaunlich, wie diese Frau mit ihrem Schicksal haderte. Sie war doch so jung, hübsch und begehrenswert; hatte keine Geldsorgen, litt auch sonst keinen Mangel. Aber war sie deshalb glücklicher als ich? Beileibe nicht!

An diesem Abend konnte ich ihr wohl das geben, wonach sie sich offenbar am meisten sehnte: menschliche Wärme, Geborgenheit und die Gabe zuzuhören. Obwohl sie mich noch nicht sehr lange kannte, schüttete mir die junge Frau ihr Herz aus. Weit nach Mitternacht und der zweiten Flasche Sekt begaben wir uns zur Ruhe.

„Na, hast du gut geschlafen?" Mit diesen Worten brachte sie mir den Kaffee an mein Bett. „Nach dem Frühstück fahre ich dich zum Bahnhof. Mit meinem eigenen Wagen. Ein Hochzeitsgeschenk meiner Schwiegereltern!" Sie sprach diese Worte sehr hart und sarkastisch aus.

Ganz tief in meinem Herzen tat mir diese Frau sehr leid. Sie hatte alles, was man sich wünschen konnte, und doch so wenig.

Als der Zug in den Bahnhof einfuhr, sah ich, wie eine Träne über ihre Wange rollte. Verschämt wischte sie sie weg. Verstohlen gab sie mir die Hand, flüsterte ein zärtliches „Dankeschön" und drückte mir noch einen Kuss auf die Stirn. Während der fast sechsstündigen Fahrt von Münster/W nach Stuttgart habe ich mich immer wieder gefragt, wie es nur zu der Heirat zweier so unterschiedlicher Charaktere kommen konnte. Ich habe keine Antwort auf diese Frage gefunden.

Der 28. August 1982 – an diesem Tag veränderte sich mein Leben kolossal

Ein Sommer, wie er nicht schöner hätte sein können. Vier Wochen Aktivurlaub auf dem elterlichen Bauernhof. Mit den ersten Sonnenstrahlen aufstehen und mit der Abendsonne zu Bett gehen, nur der inneren Uhr folgend. Es war einfach ein schönes Gefühl, sich mal zu erholen, ohne in einer bestimmten Zeit eine bestimmte Arbeit verrichten zu müssen. Ich arbeitete körperlich zwar sehr hart, aber es war halt anders. Wir brachten in dieser Zeit die gesamte Getreideernte unseres Bauernhofes unter Dach und Fach. Anschließend beackerte ich noch die Stoppelfelder.

Glücklich, erholt und braungebrannt trat ich meinen Dienst wieder an. Er begann gleich mit einer Nachtbereitschaft zum langsamen Eingewöhnen.

Für den 28. August musste ich den TEE 24 Erasmus bis Köln fahren, und als Rückleistung hatte ich den IC 505 Gorch Fock mit Kölner Personal zu begleiten.

Die Hinfahrt im TEE verlief ohne nennenswerte Ereignisse, obwohl ich 9 Minuten Verspätung bis Köln eingefahren hatte. Dies war aber im Großraum Mannheim durch eine Baustelle bedingt. Es entstand dort die Südkopfumgehung des Bahnhofs Mannheim. Danach mussten die Züge aus

Richtung Frankfurt und weiter nach Stuttgart keinen Richtungswechsel mehr vollziehen.

In Köln ging ich noch schnell in die Kantine, um eine Kleinigkeit zu essen. Danach machte ich mich auf den Weg nach Gleis 7, um meine Rückleistung anzutreten. Einen Schaffner konnte ich weit und breit nicht erblicken. Plötzlich hörte ich eine Durchsage: „Zugführer IC 505 bitte zur Aufsicht kommen!" Was war geschehen? Sollte ich vielleicht keinen Schaffner haben und mit den 11 Wagen allein nach Stuttgart zurückfahren müssen? Dieser Umstand würde aber gegen alle gültigen Rechtsvorschriften verstoßen!

Auf dem Weg zur Bahnsteigaufsicht erblickte ich eine noch sehr junge Zugreinigerin, die auf der Bank saß und mir freundlich zulächelte. Die Reinigungskräfte bei der Deutschen Bundesbahn werden auch immer jünger, dachte ich noch, als mir die Bahnsteigaufsicht zurief: „Zugführer, du hast heute keinen Verstärkungsschaffner dabei!" Das hätte ich auch so bemerkt, ging es mir unweigerlich durch den Kopf.

Kurz, bevor der Zug in den Bahnhof einfuhr, kam die vermeintliche Zugpflegerin auf mich zu und fragte schüchtern: „Bist du, äh, sind Sie der Zugführer des IC 505 Gorch Fock?" Als ich ihre Frage bejaht hatte, sagte sie: „Angenehm, Malmede. Ich bin die Zugschaffnerin und fahre mit bis Mannheim." Donnerwetter, das war aber eine angenehme Überraschung für mich! Mit so einer hübschen jungen Dame zu arbeiten, das macht doch gleich doppelt so viel Spaß! Waren doch bis zu diesem Zeitpunkt attraktive Zugbegleiterinnen eher die Ausnahme bei dem Unternehmen Deutsche Bundesbahn.

Kurz nach Abfahrt des Zuges, ich wollte gerade die Begrüßungsansage machen, sah ich, wie meine neue Mitarbeiterin anfing zu essen. „Aber hallo", entfuhr es mir da, „was soll denn das? Bei mir wird zuerst gearbeitet und dann gegessen und nicht umgekehrt!" Fast tat es mir leid, dass ich meine hübsche Kollegin so forsch angeschnauzt hatte, aber bei 11 Wagen kam nun einmal zuerst die Arbeit. Ich kontrollierte den hinteren Zugteil, meine Mitarbeiterin den vorderen.

Zwischen Mainz und Mannheim trafen wir uns im Dienstabteil wieder. Sie sah sehr müde und abgekämpft aus. Das Käppi saß windschief auf ihrem Kopf, ihre Stirn glänzte und ihre Wangen glühten vor Anstrengung. Das kastanienbraune Haar rundete die positive Ausstrahlung ab. „Zugführer, kann ich jetzt vielleicht etwas essen, ich habe Hunger bis unter beide Arme und außerdem bin ich mit meiner Arbeit fertig!" Peng - das saß! 1:0 für sie. Nachdem sie gegessen hatte, kramte sie in ihrer Tasche nach einem Kamm oder einer Haarbürste. Leider ohne Erfolg. Ich machte ihr den Vorschlag, meine Bürste zu benutzen. Etwas verlegen nahm sie meine Hilfe an.

Wie sie so vor dem Spiegel stand und sich kämmte, einfach ein tolles Bild. „Zugführer, bist du eigentlich verheiratet?" fragte mich plötzlich meine Kollegin. „Ich, aber nein, eher feiert man Weihnachten und Neujahr an einem Tag, als dass ich einmal heiraten werde! Jedoch Gegenfrage, bist du schon vergeben?" „Nein, oder sehe ich aus, als würde ich gleich zu Mann und Kind heimfahren wollen?" Zugegeben, so sah sie wirklich nicht aus.

Kurz vor dem Bahnhof Mannheim tauschten wir neben unseren Blicken auch unsere Anschriften aus. Als mein Kollege bei der Ablösung uns beide zusammen sah, stieß er ein vielsagendes „aber hallo, Ewald" aus. „Das war mal eine nette Begleitung, mit der du da unterwegs warst!" „Ja, doch leider konnten wir unsere Unterhaltung vor lauter Arbeit nicht vertiefen. Ich werde sie heute Abend mal anrufen!"

Nächster Halt Heidelberg, und dann nur noch schnurstracks geradeaus nach Stuttgart. Meine Gedanken waren während der ganzen Fahrt bei der Kollegin aus Köln. Irgendwie hatte mich diese Frau bezaubert. Die Zugfahrt schien endlos lange zu dauern. Aber auch diese Schicht hatte ein Ende. Zu Hause in meiner Wohnung angekommen, ließ ich erst einmal den langen Tag Revue passieren.

„Zugführer, wenn du willst, kannst du mich heute Abend mal anrufen, aber nicht vor 20 Uhr!"

40

Mir klangen diese Worte noch in den Ohren, als ich mich faul auf der Couch räkelte und die Nachrichten des Tages im Fernsehen verfolgte. Ich nahm all meinen Mut zusammen und wählte die Nummer meiner Kollegin. Tuut, tuut, tuut, immer wieder kam das Freizeichen aus dem Hörer. Gerade als ich auflegen wollte, meldete sich eine Frauenstimme. „Hallo, ich habe Wort gehalten, hier spricht dein Zugführer aus Stuttgart!" Keine Reaktion. „Hat es dir die Sprache verschlagen, oder warum antwortest du nicht?" „Entschuldigung, aber ich kenne Sie nicht! Hier liegt sicher eine Verwechslung vor." „Dann entschuldigen Sie bitte, ich habe mich verwählt. Bin ich denn nicht bei einer Gabriele Malmede gelandet? Verzeihen Sie mir die abendliche Störung!" „Ach so, Sie wollen meine Kollegin sprechen, einen Moment bitte!" Ich hörte, wie die Frau rief: „Gabi, hier ist jemand am Telefon, den versteht man kaum. Ich glaube, er ist aus Stuttgart!" Nun ja, ich hatte mit stark schwäbischem Akzent gesprochen. Normalerweise werde ich von meinen Mitmenschen gut verstanden, aber vielleicht ist einem Rheinländer diese Mundart nicht sehr geläufig. „Ja, bitte!" hörte ich jemanden sagen. „Ich bin es, dein Zugführer aus Stuttgart. Hast du es schon vergessen, ich sollte dich doch anrufen!" „Sprich bitte nicht in diesem furchtbaren Dialekt mit mir, sonst lege ich wieder auf!" Wau, das war deutlich! Also hochdeutsch. Oder das, was ein

Schwabe unter der hochdeutschen Sprache versteht.

Wir redeten an diesem Abend sehr viel. Wir plauderten über alles Mögliche, über Beziehungskisten von Eisenbahnern im Allgemeinen und über den verflixten Wechseldienst von Zugbegleitern im Besonderen. Nach mehr als einer Stunde verabschiedeten wir uns mit dem Versprechen, in den nächsten Tagen wieder miteinander zu telefonieren. Wenn ich heute mein damaliges Gefühl mit Worten beschreiben müsste, so würde ich es mit dem Begriff „Flugzeuge im Bauch" erklären.

Die Tage darauf verliefen ohne nennenswerte Begebenheiten, hatte ich doch jetzt vier Nachtschichten hintereinander abzuarbeiten. Da war wirklich keine Zeit, über etwas anderes nachzudenken. Und trotzdem ertappte ich mich von Zeit zu Zeit, wie meine Gedanken wie von selbst bei dieser jungen Kollegin aus Köln waren. Immer begehrlicher wurde mein Wunsch, einfach mal bei ihr anzurufen. Gleich morgen, wenn ich ausgeschlafen hätte, wollte ich meinen Entschluss in die Tat umsetzen!

Nach dieser vierten und sehr anstrengenden Nachtschicht schlief ich sehr lange. Zu versäumen hatte ich ja nichts. Lediglich bügeln müsste ich mal wieder! Und Staub saugen! Kurzum, der Nachmittag war mit Hausarbeit ausgefüllt.

Am frühen Abend rief ich in Köln an. Niemand meldete sich! So ist das, wenn beide Partner im unregelmäßigen Wechseldienst beschäftigt sind, schoss es mir durch den Kopf. Also hatte ich viel Zeit, meinen Junggesellenhaushalt auf Hochglanz zu bringen. Da bekanntlich Hausarbeit sehr anstrengend ist und richtig müde macht, begab ich mich früh zu Bett.

Das aufdringliche Klingeln meines Telefons ließ mich förmlich aus dem Bett schießen. Was war passiert? Wie spät ist es überhaupt? Meine Gedanken überschlugen sich. „Ja, Rumm", meldete ich mich, „was ist los?" „Guten Abend, hast du etwa schon geschlafen?" „Wer spricht denn da überhaupt?" wollte ich wissen. „Sag bloß, du erkennst mich nicht mehr? Dann kann ich ja wieder auflegen!" „Gabi aus Köln?" fragte ich ungläubig, „Weißt du eigentlich, wie spät es ist?" „Ja, genau 23.50 Uhr. Aber wenn du möchtest, kann ich gerne wieder auflegen!" „Nein, bitte nicht! Ich freue mich über deinen Anruf. Ich habe selbst am späten Nachmittag versucht, dich zu erreichen."

Was wir uns alles zu erzählen hatten. Fast zwei Stunden haben wir miteinander telefoniert. Wir fanden uns immer sympathischer. Am Ende des Gesprächs haben wir uns für das nächste Wochenende verabredet. In der folgenden Zeit hatte ich doch leicht erhöhte Telefonrechnungen.

Das erste Treffen in Stuttgart – oder wird sie bleiben?

Ich hatte diese Rheinländerin halt lieb gewonnen. Sie war so ganz anders als all die anderen. Vielleicht lag es auch daran, dass wir den gleichen Beruf ausübten. Jeder hatte für die Situation des Partners Verständnis. Oder lag es an den Gegensätzen: Hier der schwäbische Beamte, loyal, pflichtbewusst und sparsam, auf der anderen Seite die Frohnatur aus dem Rheinland.

Die Schwierigkeit in unserer Beziehung bestand darin, dass wir nie an den gleichen Tagen unsere planmäßigen Ruhetage hatten. Hier waren wir immer auf das Wohlwollen unserer Diensteinteiler angewiesen. Aber mit ein bisschen Geschick nahmen wir auch diese Hürde.

So, Feierabend. Ab nach Hause, umziehen, aufräumen, einkaufen, Wäsche waschen und putzen! Schließlich sollte alles tipp topp sein, wenn meine neue Liebe mich das erste Mal besucht. Ich wollte ja keinen schlechten Eindruck hinterlassen.

„Hallo Ewald, hast du Lust, noch auf ein Glas Bier mitzukommen? Wir sind gerade dabei, das Wochenende einzuläuten!" Nur allzu gut kannte ich dieses Einläuten. Es begann ganz harmlos, und meistens endete es dann ganz fürchterlich. Mit schelmischen Blicken musterten mich meine Arbeitskollegen von oben bis nach unten. „Nein,

44

ich habe etwas anderes zu tun, vielen Dank für euer Interesse!" „Na, Ewald; wanderst du mal wieder auf Freiersfüßen? Du bist seit einiger Zeit ganz zahm geworden. Nicht mehr der alte Hans Dampf in allen Gassen." Ja, die lieben Kollegen mit ihren abgedroschenen Sprüchen. Aber hatten sie denn nicht recht? Es stimmte schon, dass ich mich in jüngster Zeit sehr zurückgezogen hatte. O.k., mit über 27 Lebensjahren sollten die Flegeleien langsam aufhören. Meinetwegen sollten sie das Wochenende doch einläuten, ich hatte mit Sicherheit etwas Schöneres vor.

Als ich den Hausflur betrat, lief ich geradewegs meiner Nachbarin über den Weg. Sie war auch eine Eisenbahnerin, jedoch schon mehrere Jahre im verdienten Ruhestand. Da sie niemanden mehr hatte, kümmerte sie sich um ihre beiden Katzen und Kanarienvögel. „Ja, gris Gottle, Herr Rumm! Habet Sie scho Feierobend?" Es war einfach köstlich, wie sie so vor mir stand mit ihrem Besen in der Hand und mich mit ihrem unverwechselbaren urschwäbischen Dialekt ansprach. „Aber Sie hätten den Flur nicht für mich putzen müssen, das hätte ich auch tun können, Frau Denz!" „Papperlapapp, i han grad nix bessers t´schaffe ket. Ganget Sie no in ihre Wohnung, i mach sel scho!" Das heißt auf hochdeutsch übersetzt soviel wie: Keine Widerrede, ich hatte Langeweile, ruhen Sie sich in der Wohnung aus, ich putze für Sie! Das kam mir doch recht gelegen. So konnte ich mich ganz auf den „Innenbereich" konzentrieren.

Ein Blick auf die Uhr. Ja, ich lag sehr gut in der Zeit. Plötzlich klingelte mein Telefon. „Hallo Ewald, ich bin es, die Gabi. Ich komme morgen nicht wie verabredet um 11.00 Uhr, sondern ich fahre mit dem Nachtzug zu dir. Du kannst mich dann um 4.11 Uhr am Hauptbahnhof abholen!" Ich war im ersten Moment etwas sprachlos. „Hallo, bist du noch dran?" „Klar, ich war nur überrascht, aber positiv. Natürlich komme ich dich abholen. Ist doch Ehrensache! Ich freue mich riesig."

Ich konnte gar nicht einschlafen vor lauter Vorfreude. Wir hatten fast drei Tage ganz für uns allein. Wahnsinn!

Pünktlich, wie es sich für einen Eisenbahner gehört, war ich am Bahnsteig, um den Besuch zu empfangen. Als wir uns erblickten, liefen wir aufeinander zu und umarmten uns innig.

Leise, um meine Freundin nicht zu wecken, ging ich in die Küche, um Kaffee aufzusetzen. Schließlich war es bereits 10.00 Uhr. Als der Kaffeeduft durch die Wohnung zog, hielt es auch Gabi nicht mehr im Bett. Beim Frühstücken meinte sie: „Du hast aber eine schöne Wohnung. Kostet die eigentlich viel? Bei uns in Bergisch Gladbach sind die Mieten relativ hoch." „Schau dich ruhig mal um in meiner Bude! Neben dem

Telefon liegt ein rotes Buch, das ist mein Tagebuch. Wenn du möchtest, darfst du darin lesen. Aber bitte achte auf das Datum des jeweiligen Eintrages!" Etwas irritiert schaute sie doch drein bei dieser Eröffnung. Aber ich wollte von Anfang an mit offenen Karten spielen! Sie sollte in Ruhe lesen und sich dann ein Bild von mir machen. Dass man mit 27 Jahren kein unbeschriebenes Blatt mehr ist, sollte jedem klar sein.

Wir hatten drei herrliche Tage verbracht. Ich hatte meiner Liebsten Stuttgart und die Umgebung gezeigt. Sie war sehr angetan von dieser herrlichen Landschaft, den Weinbergen, Hügeln und Tälern. Aber auch die schönsten Tage gehen nun mal zu Ende. Als wir uns am Bahnhof verabschiedeten, fragte ich sie: „Sehen wir uns bald wieder?" „Lass mir ein bisschen Zeit, Ewald. Ich verspreche dir, ich melde mich wieder bei dir. Ich habe dein Tagebuch gelesen, ich muss alles erst verarbeiten!" Ich winkte dem ausfahrenden Zug noch lange nach.

Tage vergingen, ohne dass ich eine Nachricht meiner Freundin erhalten hatte. War es das gewesen? Ist diese Liebschaft zerbrochen, noch bevor sie sich richtig entfalten konnte? Fragen, die mich immer mehr beschäftigten. Nein, dachte ich, anrufen werde ich sie nicht! Ich wollte niemanden beeinflussen. Nach acht Tagen bekam ich endlich Post. Es war ein sehr langer Brief. Gabi teilte mir mit, dass sie sich intensiv mit unserer Freundschaft auseinandergesetzt hätte. Sie hatte so lange mit der Antwort gewartet, weil sie noch Zweifel hatte, eine neue Bindung einzugehen. Aber nach reiflicher Überlegung wollte sie es mit mir versuchen! Ich machte vor lauter Freude einen Luftsprung. Auch bei mir war da so ein Gefühl, das ganz anders war. Jetzt gab es für mich kein Halten mehr. Ich griff zum Telefon und rief bei meiner Freundin an. Aber es meldete sich nur ihre Mitbewohnerin. Sie teilte mir mit, dass Gabi arbeiten sei und erst um Mitternacht nach Hause käme. Etwas enttäuscht über diese Nachricht war ich schon.

Am nächsten Tag hatte ich mehr Glück. Beim ersten Anruf hatte ich Gabi am Ohr. Wir plauderten sehr, sehr lange über unsere beginnende Liebschaft. Nach diesem Telefongespräch war mir klar, das könnte die Frau fürs Leben werden.

Wir feierten unsere Verlobung am 31. Dezember, und unsere Hochzeit fand statt im Wonnemonat Mai.

Es begann alles so harmlos – doch dann kam die Staatsanwaltschaft aus Köln

Dies ist die schwärzeste Geschichte, die mir in meinen über dreißig Berufsjahren je passiert ist. Das Kuriose daran war, dass ich mich in jener Situation völlig korrekt und menschlich einwandfrei verhalten habe. Es war ein ganz normaler Vorgang, der da abgelaufen ist. Deshalb war es für mich völlig unverständlich, dass ich plötzlich als „Depp der Nation" herhalten sollte, nur weil einige Herren im Vorstand in Frankfurt/M nicht in der Lage waren, das Kursbuch zu lesen. Den Vorwurf der Unfähigkeit müssen sich diese Herren noch im Nachhinein von mir gefallen lassen. Wenn man so selbstherrlich und arrogant mit den Untergebenen umgeht und zudem sich nicht auskennt in dem Bereich, dem man vorsteht, sollte man in meinen Augen so fair sein und den angebotenen Posten nicht antreten! Aber alles der Reihe nach.

Man schrieb das Jahr 1988. Die Deutsche Bundesbahn war gerade dabei, sich neu zu formieren. Auf dem Weg von einer Behördenbahn zu einer eigenständigen Gesellschaft wurden vermehrt sogenannte Manager aus der freien Wirtschaft in unser Unternehmen geholt. Unser damaliger Vorstandsvorsitzender war Herr Dürr, der verantwortliche Mann für den Fernverkehr hieß Herr Neuhaus.

Wieder war es soweit – Nachtdienst. Meine Kollegin Carola und ich waren voller Tatendrang. Hatten wir doch ein langes Wochenende hinter uns, wo sich jeder auf seine Art und Weise bei der Familie erholt hatte. Heute galt es, den Nachtschnellzug Köln – Moskau mit Kurswagen nach Warschau bis Hannover zu begleiten. An sich eine sehr angenehme Aufgabe. Die Zugbildung bestand aus zwei Sitzwagen, zwei Schlaf- und Liegewagen nach Warschau, sowie je drei Schlafwagen nach Minsk und Moskau. Laut Aushangfahrplänen und amtlichem Kursbuch war der Zug für den innerdeutschen Verkehr nicht zugelassen. Das hieß, dass jedermann, der den Zug benutzen wollte, im Besitz eines Fahrausweises sein musste vom Einsteigebahnhof bis mindestens, in diesem Fall, Frankfurt/Oder Grenze. Diese Einschränkung machte Sinn, zum einen, weil nur eine begrenzte Anzahl von Sitzplätzen vorhanden war, zum anderen, weil mit dem gewohnten Komfort der Deutschen Bundesbahn nicht gerechnet werden konnte. Das war schon am äußeren Erscheinungsbild des Zuges zu erkennen, er bestand nur aus Wagen der polnischen und russischen Verwaltungen. Als der Zug planmäßig den Kölner Hbf verließ, konnte niemand ahnen, dass nach dem ersten Halt in Düsseldorf das Unheil unbarmherzig seinen Lauf nehmen würde.

Beim Einstieg in Düsseldorf fiel mir ein Ehepaar auf. Sie hatten, wie mir schien, für so eine Reise, die ja über Tage dauerte, sehr wenig Gepäck dabei. Unwahrscheinlich war auch, dass sie ihr Gepäck vorausgeschickt hatten. Sofort nach der Abfahrt begab ich mich zu den Reisenden, um die Fahrausweise zu kontrollieren. Meine Vorahnung ließ mich auch dieses Mal nicht im Stich. Mir wurde eine Mehrfahrkarte B des Verkehrsverbundes Rhein-Ruhr vorgelegt. Höflich, aber bestimmt wies ich darauf hin, dass diese Art von Fahrkarte in dem Zug keine Gültigkeit hatte. „Was erlauben Sie sich", herrschte mich der Mann an, „Sie wissen wohl nicht, wen Sie vor sich haben? Ich bin im Besitz eines gültigen Fahrausweises und werde mit diesem Zug und mit Ihnen bis nach Dortmund fahren!" Ich versuchte, dem erbosten Herrn die tarifliche Rechtslage zu erklären, und bot ihm gleichzeitig an, den Zug in Duisburg zu verlassen und den hinter uns fahrenden Eilzug zu benutzen. Das war zuviel für diesen Mann. „Ich verlange auf der Stelle einen Tarifexperten! Ich verhandle nicht mit kleinen Schaffnern!" Erneut versuchte ich den Fahrgast zu beruhigen. Mit gefasster Stimme entgegnete ich: „Der Tarifexperte steht direkt vor Ihnen. Außerdem bin ich nicht der kleine Schaffner, den Sie in mir sehen, sondern der Zugchef Ewald Rumm und habe in diesem Zug das Hausrecht. Ich fordere Sie hiermit letztmalig auf, den Zug zu

verlassen, oder ich muss Ihnen eine Fahrgeld-
nachforderung erstellen über zweimal 60,- DM."
„Machen Sie, was Sie wollen, aber lassen Sie
mich in Ruhe!" mit diesen Worten schlug er mir
mit hochrotem Gesicht die Abteiltüre vor der Nase zu. Meine Schaffnerin, die die ganze Zeit über
daneben gestanden hatte, schüttelte nur den Kopf
über soviel Unvernunft. Da wir uns in der Einfahrt auf Duisburg befanden, war mir ein Bestel-
len der Polizei nicht mehr möglich. Über den
Aufsichtsbeamten ließ ich den Vorfall nach Essen
Hbf vormelden.
Bis zur Ankunft in Essen fertigte ich den Nachlö-
sezettel. Hier wurden wir von zwei Beamten des
Bundesgrenzschutzes erwartet. Ich erklärte kurz
den Sachverhalt und führte sie zum Abteil der
beiden Reisenden. Der Streifenführer stellte sich
vor und bat um die Ausweise der Fahrgäste. Dies
wurde von dem Herrn verweigert. Die Dame in
seiner Begleitung hielt sich in allen Belangen
sehr zurück. Zum wiederholten Male forderte der
BGS-Beamte den uneinsichtigen Fahrgast auf,
sich auszuweisen. Störrisch wie ein Maulesel
stellte der Reisende sich an. In dem Dialog, der
sich nun zwischen dem Streifenführer und dem
Herrn aufbaute, war ich Zeuge, mit welcher En-
gelsgeduld der Beamte immer wieder versuchte,
den Mann zu beruhigen und zum Aussteigen zu
bewegen. Alles war umsonst! Der herbeieilende
Aufsichtsbeamte mahnte zu einer raschen Eini-

gung, da in der Einfahrt schon mehrere Züge auf-
gelaufen seien. Jetzt konnte ich nicht mehr anders. Ich machte von meinem Hausrecht
Gebrauch und schloss diese uneinsichtigen Reisenden von der Weiterfahrt aus.

„Sie haben gehört, was der Zugführer Ihnen gesagt hat. Bitte verlassen Sie den Zug! Sollten Sie
dieser Aufforderung nicht folgen, muss ich un-
mittelbar Gewalt anwenden." Nach diesen Worten öffnete die bis dahin unbeteiligte Dame ihre
Handtasche und hielt dem verdutzten BGS-
Beamten ihren Personalausweis entgegen. „Hier
ist mein Ausweis, und der Herr ist mein Mann."
Nur recht widerwillig verließen die Reisenden in
Begleitung des BGS den Zug. Der ganze in meinen Augen sehr hochstilisierte und aufgebauschte
Vorfall kostete uns einen Zeitverlust von zwanzig
Minuten! Während der Fahrt bis Hannover sprachen meine Kollegin Carola und ich noch ein
paar Mal über den fast unbegreiflichen Fall. Man
kann sich halt seine Fahrgäste nicht aussuchen.
Über Wochen hinweg hatte ich nicht mehr an
dieses Ereignis gedacht. Warum auch? Ich hatte
alles so gemacht, wie mein Dienstherr es von mir
verlangte. So jedenfalls glaubte ich.

Ich wunderte mich dann doch sehr, als ich wegen
dem Vorfall zu Protokoll bestellt wurde. „Ewald,
du hast großen Mist gemacht! Ich habe hier eine
dicke Beschwerde von der Zentrale in Frank-

furt/M." Mit diesen Worten wurde ich von dem Vernehmungsbeamten des Bahnhofs empfangen. Flüchtig schaute ich über die Anschuldigung, schüttelte nur ungläubig den Kopf und entgegnete: „Lieber Heinz, bevor ich zu so einer Sache Stellung beziehe, schauen wir lieber in das Eisenbahnverkehrsblatt. Dort steht nämlich festgeschrieben, welche Züge mit Karten des Verkehrsverbundes benutzt werden dürfen und welche nicht. Ich melde mich morgen wieder bei dir. Viel Spaß noch beim Suchen." Frohgelaunt setzte ich meinen Dienst fort.

Am nächsten Morgen begab ich mich wieder zur Vernehmung. „Ewald, du hast recht, die Herrschaften durften gar nicht mit dem Zug fahren. Diese Geschichte ist mir zu heiß, deshalb habe ich den ganzen Vorgang dem Vorsteher des Bahnhofs, Herrn Schiefer, übergeben. Du möchtest bitte zu ihm hinaufgehen. Wir haben dich heute vom Dienst befreit. Die Bereitschaft fährt deine Tour." Meine anfängliche Gelassenheit schlug plötzlich in Nervosität um. Jetzt wurde mir doch ein wenig mulmig. Warum sollte ich denn plötzlich zum Chef? „Da sind Sie ja, Herr Rumm. Bitte kommen Sie mit in mein Büro!" Die Stimme des Vorstehers riss mich aus meinen Gedanken. In seinem Büro kam er dann auch schnell zur Sache. „Herr Rumm, Ihnen werden schwere Vergehen zur Last gelegt. Sind Sie damit einverstanden, wenn ich Sie als Ihr Vorgesetzter jetzt vernehme?"

Natürlich stimmte ich zu. Ich hatte ja nichts zu verbergen. „Dann erzählen Sie mal der Reihe nach, was sich in jener Nacht am Nachtzug D 249 zugetragen hat. Versuchen Sie sich genau an alle Einzelheiten zu erinnern!" Nachdem ich meinen Kalender geholt hatte, wo ich alle Abnormalitäten eintrug, begann ich zu berichten. Ich versuchte in diesem Gespräch alles so wiederzugeben, wie es sich in besagter Nacht zugetragen hatte. Mein Chef hörte sehr aufmerksam zu, ohne mich zu unterbrechen. Er machte sich jedoch häufig Notizen. Nachdem ich mit meiner Aussage fertig war, bot er mir einen Kaffee an. „Ich glaube, den haben Sie sich verdient." Mit einem aufmunternden Lächeln reichte er mir den herrlich duftenden Kaffee. „Herr Rumm, kommen wir nun zum eigentlichen Punkt. Der Beschwerdeführer, der sich beim Vorstand des Fernverkehrs, Herrn Neuhaus, persönlich beschwert hat, hat Sie außerdem bei der zuständigen Staatsanwaltschaft in Köln angeklagt. Ihnen wird Folgendes zur Last gelegt: Urkundenfälschung, grobes Fehlverhalten im Dienst und Amtsmissbrauch!" Ungläubig starrte ich meinen Chef an. Das war doch nur ein schlechter Witz, den ich da vernommen hatte! Wer kommt denn auf so eine wahnwitzige Idee, die jeder Grundlage entbehrt? Als wäre es immer noch nicht genug, nein, mein Chef blickte mir in diesem Moment ganz fest in die Augen und meinte: „Herr Rumm, da ist noch etwas. Es wird seitens der Bundesbahndirektion Köln erwogen, gegen Sie ein Verfahren zur Amtsenthebung einzuleiten." Das war zu viel! Ich hatte das Gefühl, in ein endloses schwarzes Loch zu fallen! „Das ist alles nicht wahr, Chef", hörte ich mich wie aus weiter Ferne sagen. Tränen kullerten über mein Gesicht. „Sagen Sie, dass es nur ein schlechter Scherz ist!" schluchzte ich. „Leider nein, es ist die Wahrheit." Ich hatte das Gefühl, ich würde jeden Moment platzen. Hier wollte mir aber jemand an die Wäsche! Nach so vielen Jahren der Loyalität gegenüber dem Unternehmen – kam jetzt das Ende? Diese Anschuldigungen, diese Vorwürfe, einfach unfassbar! Mein Chef stand auf, trat hinter mich und legte wie ein väterlicher Freund seine Hand auf meine Schulter. „Für Sie muss eine Welt zusammengebrochen sein. Auch in meinen Augen sind solche Vorwürfe völlig haltlos! Sie haben mein Mitgefühl, und seien Sie versichert, ich werde sie nicht alleine lassen, egal, was mit Ihnen passiert. Ich werde mit all meiner Kraft und meinem Einfluss an Ihrer Seite stehen!" Ich hatte keine Zweifel an seinen Worten, sie waren wie Balsam auf meine schmerzenden Wunden.

Mein Chef gab mir das folgende Wochenende frei. Hätte ich nicht eine so verständnisvolle und fürsorgliche Ehefrau, ich hätte mich vor lauter Selbstzweifeln zerfleischt. Ich ging in den folgenden Tagen und Wochen durch die Hölle. Eine Vernehmung hier, eine Aussage dort. Es nahm kein Ende! In dieser für mich sehr schweren Zeit stand Herr Schiefer jederzeit als Ansprechpartner bereit. Er gab mir Halt und Vertrauen.

Bei einer Vernehmung teilte mir mein Chef Einzelheiten über die Verhandlungen mit der Gegenpartei mit. Seitens der Verwaltung wurden dem Beschwerdeführer eine Entschuldigung und ein Gutschein für 1000 Kilometer Freifahrt 1. Klasse angeboten. Ferner teilte man ihm mit, in der Zentrale sei bekannt, dass in den Nachtzügen der DB nicht immer das beste Personal mitfahren würde. Ich hörte gar nicht mehr hin! Das war ein Schlag ins Gesicht für jeden Zugbegleiter, der nachts für das Unternehmen DB arbeitete.

Ich war gerade dabei, nach Hause zu gehen, als ich aus dem Augenwinkel ein Einsatzfahrzeug des Bundesgrenzschutzes erblickte. „Herr Rumm, kehren Sie um und kommen Sie ganz schnell zu mir ins Büro!" Erschrocken drehte ich mich um. Aufgeregt gestikulierend stand mein Chef am Fenster seines Zimmers und deutete auf den Wagen des BGS. Ohne nachzudenken rannte ich zurück! Kaum angekommen, klopfte es an der Türe. Zwei Beamte des BGS wollten mich sprechen und eine schriftliche Aussage zu Protokoll nehmen. Da schritt mein Vorgesetzter ein: „Meine Herren, das ist Herr Rumm. Er steht unter meinem persönlichen Schutz. Er macht hier nur

Angaben zu seiner Person. Alles Weitere nur in Anwesenheit eines Anwalts und nach Absprache mit diesem!" Mit so einer Aussage hatten weder ich noch die BGS-Beamten gerechnet.

„Herr Rumm, die Sache nimmt ungeahnte Formen an. Jetzt brauchen wir tatsächlich einen Rechtsbeistand, und zwar einen guten! Der Beschwerdeführer hat sich ein zweites Mal gemeldet und verlangt, dass Sie endlich vom Dienst suspendiert werden. Zum andern erwartet er, dass die Entschädigung in Höhe von 1000 km Freifahrt 1. Klasse auf 2000 km erhöht wird." Mir verschlug es die Sprache. „Die Verwaltung in Frankfurt/M verlangt eine rasche Entscheidung, mir sind da die Hände gebunden", meinte mein Chef. Er drückte mir einen Zettel in die Hand, auf dem die Adresse eines Fachanwaltes notiert war. „Bitte wenden Sie sich umgehend dahin, um 9.00 Uhr morgen früh ist Ihr Termin."

Mit zitternden Knien und voller Unbehagen betrat ich am nächsten Morgen die Kanzlei. Ein älterer Herr, etwas füllig und mit schlohweißen Haaren, empfing mich freundlich. Auf dem schweren Eichenschreibtisch erblickte ich drei bekannte Bücher. Es handelte sich dabei um das Kursbuch Gesamtausgabe, die Personenbeförderungsvorschrift und die Fahrdienstvorschrift. „Nun erzählen Sie mal alles, was bis heute passiert ist!" Geduldig hörte er mir zu. Nachdem ich alles berichtet hatte, meinte er nur: „Das ist ja ungeheuerlich, was man Ihnen da vorwirft! Ist in der Zentrale denn niemand, der imstande ist, ein Kursbuch richtig zu lesen? Die Fußnote, angebracht an der Zugnummer, besagt, dass der Zug nicht für den öffentlichen Verkehr zugelassen ist. Wenn viele Schlüsselpositionen mit solchen „Fachkräften" besetzt sind, wundert mich allerdings nichts mehr. Ich habe den Eindruck, hier will sich jemand auf Ihre Kosten profilieren." Wir besprachen die weitere Vorgehensweise und vereinbarten einen neuen Termin. Fast väterlich verabschiedete er sich und meinte zu mir: „Ihnen passiert nichts, alle Anschuldigungen sind völlig haltlos und zudem in meinen Augen unverschämt!"

Natürlich hatte sich die Sache auf so einer kleinen Dienststelle schnell herumgesprochen. Jeder, dem ich begegnete, sprach mir Mut zu und versicherte mir, sollte es zu einer Verhandlung kommen, so wäre ich im Gerichtsgebäude nicht alleine. Jeder Zuspruch, jedes aufmunternde Wort waren eine Wohltat für meine aufgerüttelte Seele.

Beim zweiten Anwaltsbesuch unterschrieb ich lediglich ein Protokoll und einige andere Formulare. Mir wurde eröffnet, dass der Gerichtstermin auf den nächsten Monat terminiert war. Mir schwand vor Schreck die gesamte Farbe aus dem Gesicht. „Keine Angst, ich werde all meine Kraft aufwenden, dass Sie nicht angeklagt werden.

Denn nicht Sie, sondern die Herren aus dem Vorstand gehören auf die Anklagebank!"

Die nächsten Wochen verbrachte ich mit sehr gemischten Gefühlen. Dass ich in dieser für mich so schweren Zeit nicht zur „Flasche" gegriffen habe, verdanke ich meiner Familie und besonders meiner Frau, die immer aufmunternde Worte, viel Verständnis und Liebe für mich hatte.
Je näher der Termin rückte, desto unruhiger wurde ich. Als ich dann auch noch eines Morgens einen Brief der Staatsanwaltschaft Köln aus dem Briefkasten holte, hatte ich das Gefühl, jemand würde mich erwürgen. Ich bat meine Frau, den Brief zu öffnen, ich war dazu nicht in der Lage. „Komm schon, was steht drin? Werde ich jetzt verhaftet, so sag schon!" Mit einem Lächeln reichte sie mir das Schreiben. „Lies es selbst!" „Jaaaaa!" Ich schrie meine Freude und meinen angestauten Frust laut heraus. Freispruch in allen Anklagepunkten, das Verfahren eingestellt! In diesem Moment waren für mich Weihnachten, Ostern und Geburtstagsfest an einem Tag. Übermütig hüpfte ich in der Wohnung umher. Ich konnte es kaum glauben, aber die Gerechtigkeit hatte gesiegt. Mitten in dieser überschäumenden Freude klingelte das Telefon. Mein Chef wollte mir die freudige Nachricht übermitteln. Ich dankte ihm herzlich, aber die Post war schneller.

Nachdem sich die ersten Wogen der Euphorie gelegt hatten, wollte ich in Absprache mit meinem Vorgesetzten eine Dienstaufsichtsbeschwerde gegen gewisse Herren einleiten. So ganz nach dem Motto: Wie du mir, so ich dir! Er aber lehnte dies ab mit den Worten: „Warten Sie noch eine Weile, bis sich die Sache etwas gelegt hat. Sie sind doch besonnen genug, keinen Rachefeldzug zu starten?" Ich wollte keine Rache, sondern nur Rehabilitation.

Als nach Wochen seitens der Verwaltung keine Entschuldigung kam, ließ ich mir einen Termin beim Chef geben. Auch er zeigte kein Verständnis für so ein Verhalten. Er versprach, gemeinsam mit mir eine Beschwerde vorzubereiten. Dazu müssten jetzt allerdings alle Schriftstücke zusammengetragen werden. Ungläubig starrte ich ihn an! Meine Vorahnung ließ mich auch diesmal nicht im Stich. Jede der von uns angeschriebenen Stellen hatte zwar von dem Vorgang Kenntnis, doch niemand hatte plötzlich das Schreiben im Besitz. Wieder wurde einmal bei einer Behörde so lange gekehrt, bis nichts Anrüchiges mehr übrig war. Oder sollte man besser sagen: Eine Krähe hackt der anderen kein Auge aus?

Die persönliche Lehre, die ich aus diesem Vorfall gezogen habe, lautet: Schmiede das Eisen, solange es warm ist! Beuge dich vor niemandem, wenn du im Recht bist, auch nicht vor deinen Vorgesetzten! Zeige Stärke und Rückgrat!

Wer einmal aus dem Blechnapf isst – oder Oebisfelde direkt nach der Grenzöffnung

Der 9. November 1989, der Tag, an dem die Mauer fiel! Das Datum ging in die Geschichte ein. Kein anderes Geschehnis prägte die zukünftige Politik zwischen Ost und West so nachhaltig wie dieser denkwürdige Tag. Auch mir war es vergönnt, den geschichtsträchtigen Moment live am Fernsehschirm mitzuerleben. Es war für mich ein überwältigendes Gefühl, zu sehen, wie sich wildfremde Menschen in die Arme fielen. Das Brandenburger Tor, Sinnbild der Teilung, war plötzlich offen. Diese bewegenden Bilder werde ich niemals in meinem Leben vergessen.

Auch bei der Eisenbahn blieb das Ereignis nicht ohne Folgen. Züge in der Ost – West Richtung waren teilweise hoffnungslos überfüllt! Uns Zugbegleitern wurde in diesen Tagen und Wochen unser ganzes Können und sämtliche Menschenkenntnis abverlangt. Überfallartig reisten die Leute aus dem Osten plötzlich in den Westen. Egal, ob sie nun Verwandte hier hatten oder nicht. Das berauschende Gefühl, reisen zu können, wann immer man will, und selbst das Reiseziel zu bestimmen, hatte oberste Priorität.

Zum Winterfahrplan 1990/91 begleiteten wir Züge von Köln bis zum ehemaligen Grenzübergangsbahnhof Oebisfelde. Da ich keine Verwandten im sogenannten Osten habe, waren meine Kenntnisse über diesen Teil Deutschlands bisher eher spärlich.

An einem Sonntag fuhren wir, das waren der Zugführer Karl, sein Planschaffner und ich, als Verstärker einen „Ossi-Express" nach Oebisfelde. Die Fahrt als solche verlief ohne Probleme. Nach knapp zwei Jahren hatte sich die Lage wesentlich entspannt. Man hatte ja die Gewissheit, jetzt reisen zu dürfen, wann immer man wollte, ohne vorher lästige Anträge stellen zu müssen oder peinliche Fragen zu beantworten.

Ein komisches Gefühl hatte ich schon, als wir in den Bahnhof Oebisfelde einfuhren. Die Einfahrt war so, als führe man durch einen Schlund. West und Ost waren nur durch einen Schienenstrang verbunden. Bei der Übergabe des Zuges beäugten uns die Kollegen aus dem Osten mit Argusaugen! Ich hatte den Eindruck, als hätte sich hier noch nicht viel getan. In einem herrischen Ton gab der Zugführer aus dem Osten seine Anweisungen. Er selbst blieb aber auf seinem Fleck stehen wie ein Platzhirsch. Nachdem der Zug in Richtung Dresden weiter gefahren war, meinte Karl zu uns: "Hier herrschen noch Zucht und Ordnung! Keiner traut sich, den Anweisungen des Zugführers zu widersprechen." „Menschlich gesehen ist dieser Mann eine Niete, er hat von Menschenführung überhaupt keine Ahnung", erwiderte ich. „Du hast ja recht, aber für so eine Behauptung wärst du hier noch vor zwei Jahren nach Bautzen geschickt worden." meinte Karl. Langsam knurrte uns der Magen. Wir erkundigten uns bei der freundlichen Aufsichtsbeamtin nach dem Weg zur Kantine. Auf dem Weg dorthin sah ich einen umgestürzten Güterwagen, der abgedeckt war, neue Lichtsignale, die scheinbar desinteressiert irgendwo abgeladen worden waren. Getreu nach dem Spruch: Jedem gehört alles, aber allen gehört nichts!

Als wir die Kantine betraten, drehten sich fast alle Anwesenden in unsere Richtung. Man spürte förmlich die bohrenden Blicke, die auf uns gerichtet waren. Ich war mir fast sicher, in den Gesichtern mehr Ablehnung als Wohlwollen erkennen zu können.

Die Essensauswahl war sehr dürftig. Eine Suppe und ein Hauptgang, mehr war nicht im Angebot. Obwohl das Menü nicht ganz meinen Erwartungen entsprach, griff ich zu. Aber was war das? Ungläubig starrte ich auf das bereitgestellte Geschirr und Besteck. Das war doch kein „Blechnapf", den ich da in den Händen hielt. Oder etwa doch? Und das Besteck, ebenfalls aus Blech? Karl hatte meine Verblüffung mitbekommen. „Nein, Ewald, das ist kein Blech, sondern Aluminium." „Und darauf schmeckt das Essen?" Karl lächelte. „Hau einfach rein und lass es dir schmecken!" „Na, dann Mahlzeit!" Zugegeben, das

Essen war nicht schlecht und das Geschirr gab auch keinen erwarteten Nachgeschmack ab.

Nach dem Mittagessen schlenderten wir ein bisschen durch den Bahnhof. Jetzt sah ich mir das „Tor zum Westen" erst einmal genauer an. Nicht nur, dass es mit einem mittlerweile unbrauchbaren übergroßen Scheinwerfer und einer Art Wehrturm gesichert war, man konnte auch bei Bedarf eine schwere Eisentüre schließen. Welch ein Sicherheitsdenken! Bei dem Gedanken, eingemauert zu sein, lief es mir eiskalt über den Rücken. In einer anderen Ecke des Bahnhofs entdeckte ich einen neuen, augenscheinlich noch nicht gebrauchten und aus Österreich stammenden Schienenschleifzug. In diesem Bahnhof fand man wirklich alles, alt und neu nebeneinander!

„Du siehst aber nicht gerade zufrieden aus, wenn ich das so sagen darf!" Erschrocken drehte ich mich um. Vor mir stand die Aufsichtsbeamtin. „Wenn du willst, zeige ich dir meinen Bahnhof." Dieses Angebot musste ich natürlich annehmen. Meine Neugier war geweckt. „Wie war das damals, als hier die Welt zu Ende war?" fragte ich sogleich. „Das ist nicht so schnell erzählt wie du glaubst. Der riesige Scheinwerfer leuchtete Tag und Nacht. Auf dem Wehrturm wachte ein Offizier, der nur dem Politbüromitglied Mielke unterstellt war und nach seinem Ermessen von der Schusswaffe Gebrauch machen konnte." „Das war doch furchtbar." entfuhr es mir, „Was waren das denn für Menschen, die auf andere geschossen haben?" Sie zuckte nur mit den Schultern.

„Der neue gelbe Schienenschleifzug, warum wird der nicht benutzt?" „Du wirst es nicht glauben, uns hat noch niemand dieses Monstrum erklärt. Das Gleiche gilt für die neuen elektrischen Signale. Sie wurden eines Tages hier abgeladen, ohne dass sich jemand dieser Sache annahm." Ich konnte solche Äußerungen nur mit Kopfschütteln quittieren. Alles, was ich sah, war alt und verfallen. Kaum zu glauben, dass einst im viel gelobten Arbeiter- und Bauernstaat das sogenannte „Jahressoll" immer zur vollsten Zufriedenheit aller erfüllt wurde. Ich konnte nur erahnen, mit welcher Knute dieses Volk fast vierzig Jahre staatspolitisch unterdrückt wurde. „Siehst du den Mann da vorne?" flüsterte mir die Kollegin kaum hörbar zu. „Ja, aber warum sprichst du so leise?" Ich erkannte in einiger Entfernung einen ca. 1,60 m großen älteren Mann. In seiner Hand hielt er eine ehemals hellbraune, abgewetzte schweinslederne Aktentasche. Diese Art Aktentasche kannte ich von meinem Vater. Sie stammte aus den frühen Fünfzigern. Wir verharrten einen Augenblick, bis die Person um die Ecke eines Anbaus verschwunden war.

„Weißt du, wer das war?" „Nein, oder sollte ich den kennen?" entgegnete ich. „Das war der, der als letzter auf dem Turm seinen Dienst tat und jedem mit entsicherter Waffe davor gedroht hat, selbst noch am Abend der Grenzöffnung, diese Republik zu verlassen." Ihre Worte klangen plötzlich hart und vernichtend. „Und welche Tätigkeit bekleidet er nun bei der Eisenbahn?" „Das musst du unseren Chef fragen. Er war vor der Wende der Boss und ist es jetzt wieder." „Männerfreundschaft oder Seilschaften", entfuhr es mir. „Nenn es, wie du willst!" Ihre Stimme wirkte sehr verbittert. Was hat ihr dieser Kerl wohl getan, überlegte ich. Bevor ich eine Antwort finden konnte, sagte sie: „Der Mann war schuld daran, dass ich nicht zur Hochzeit einer sehr guten Freundin in den Nachbarort fahren durfte. Der Typ hat mir einfach den erforderlichen Passierschein verweigert!" In ihren Worten lag grenzenlose Wut. Was musste das für ein grausames Regime gewesen sein, das die Bevölkerung so erniedrigte. Dies wurde wohl kaum so deutlich wie hier am unmittelbaren schwer bewachten „Tor zum imperialistischen Westen".

„Hallo Ewald, hol deine Tasche, in zehn Minuten kommt unser Zug!" Die Worte von Zugführer Karl rissen mich zurück in die Wirklichkeit. Was ich heute auf diesem Bahnhof erlebt hatte, musste ich erst einmal verdauen. Es war faszinierend und verabscheuungswürdig zugleich. Hier wohnte hinter jeder Türe ein anderes Schicksal.

Während der ganzen Rückfahrt waren meine Gedanken noch bei den Leuten im Osten, von denen ich überhaupt nichts wusste. Als ich zu Hause ankam, führte ich ein sehr langes Gespräch mit meiner Frau über diese Eindrücke. Das Hauptthema war der „Mann auf dem Turm". „Dieser Mensch hat doch gar nichts Unrechtes getan", sagte meine Frau. „Überleg doch mal, ein junger Mann steht nach der Schule und der beendeten Lehre vor der Entscheidung, wie komme ich schnell zu Ruhm, Geld und Ehre? Natürlich in der Armee! Hier wird die Ideologie aus der Schule noch fester verankert. Er dient sich mit Fleiß und Willenskraft bis ganz nach oben. Auf die Idee, dass seine Arbeit menschlich sehr verwerflich ist, kommt diese Person nicht. Er besitzt die Macht im Ort. Er entscheidet, wer die Verwandten im Nachbarort besuchen darf und wer nicht. Er stellt die sogenannten Passierscheine in den Westen aus, gibt Meldung darüber ab, wer „linientreu" ist und wer nicht."

Lange hatte ich an dieser Diskussion zu knabbern. Meine Gedanken und Meinungen waren mal pro und dann wieder kontra. Nie fand ich eine Lösung, die mich in dieser Hinsicht wirklich hätte befriedigen können. Hier der helle Westen, dort der dunkle Osten, oder war es vielleicht doch umgekehrt? Fragen, auf die ich bis heute keine präzise Antwort geben kann.

Ein unmoralisches Angebot – oder die große Unbekannte

Alle Jahre wieder wiederholt sich bei der Deutschen Bahn AG das gleiche Ritual. Anfang September bis hoch in den November verkehren dann die sogenannten Gesellschaftssonderzüge in die Hochburgen der Kegelparadiese. Ob es nun der Weißenhäuser Strand ist, Borkum, Güls oder Bad Honnef, alles läuft nach demselben Muster ab.

Männerkegelvereine buchen bei einem Reiseveranstalter ihr Ziel, das Gleiche tun unabhängig davon auch die Kegelschwestern. Das erste Zusammentreffen beider Geschlechter findet dann auch zwangsläufig auf dem Bahnsteig statt. Hier kommt man sich, da die Zunge vom Alkohol gelöst ist, verbal ganz ungezwungen näher.

Im Zug ist der zentrale Meeting-Point der „Sambawagen". Hier heizt der DJ mit „Gassenhauern" von Wolfgang Petry, Marianne Rosenberg oder Claudia Jung den Fahrgästen kräftig ein. Ausgelassen singt, tanzt und schunkelt man zu den Liedern, die überlaut aus den großen Bordlautsprechern dröhnen. Es werden neue Bekanntschaften geschlossen oder die vom Bahnsteig gefestigt.

In all dem fürchterlichen Hin und Her befindet sich eine Person, die bemüht ist, den Überblick und somit die Sicherheit des Zuges fest im Griff zu behalten. Nichts ist schlimmer als eine ausgelassene, vom Alkohol aufgeputschte Gruppe, die achtlos leere Flaschen auf dem Boden abstellt oder gar aus dem fahrenden Zug wirft. Diese Person bin ich, der Zugchef Ewald Rumm. Stets bemüht, das muntere Treiben zu tolerieren, ohne den Eindruck eines sturen Beamten zu erwecken, jedoch die Sicherheit der Zugfahrt über alles stellend.

Natürlich versucht man auch mich in das bunte Treiben mit einzubeziehen. Warum auch nicht, laden doch die Aufdrucke auf den T-Shirts zum Schmunzeln und Nachdenken ein: „Probier es doch mal von vorn!", „Die fidelen Schwestern", „Neun auf einen Streich", „Lieber einen Bauch vom Saufen, als einen Buckel vom Arbeiten", „Aufgewärmt schmeckt auch gut", usw.. Die Liste der Aufdrucke könnte man beliebig fortführen.

Plötzlich werde ich von einer Frau angesprochen, die so gar nicht in dieses Klischee passt. Keine Hochstimmung durch Alkohol, keine beengende, aufreizende Kleidung, nicht übertrieben geschminkt. Sie will von mir wissen, ob ich die ganze Fahrt über in dem Zug bin. Bei dieser Frage blickt sie mir ganz fest in die Augen. Ihre Stimme ist angenehm weich und bringt bei mir ein paar Saiten zum Schwingen! Aber hallo, denke ich so nebenbei für mich selbst, stille Wasser gründen tief.

Nach der nächsten Abfahrt kam diese Frau wieder auf mich zu und meinte, ich könne doch weiter als nur bis Osnabrück fahren, sie würde mich gerne dazu einladen. Geld spiele dabei überhaupt keine Rolle.

Paff, das saß! Nun musste ich erst mal schlucken und tief durchatmen. Ewald, jetzt bloß keinen Fehler machen, schoss es mir durch den Kopf. Stand diese Frau auf Männer in Uniform? War sie eine Nymphomanin? Oder wollte sie einfach nur ihren Spaß mit mir haben? Mir ging alles Mögliche durch den Kopf. Hier diese selbstbewusste, nicht unattraktive Frau, die ganz unverhohlen sagte, was sie von mir wollte, auf der anderen Seite meine liebe Ehefrau mit meinen Kindern. Während ich noch damit beschäftigt war, meine Gedanken zu ordnen, erreichten wir den Bahnhof Hamm/W. Hier hatte mein Zug neun Minuten Aufenthalt wegen einer planmäßigen Zugkreuzung. Als ich noch ein paar Worte mit der Verkehrsaufsicht wechselte, riefen mich Frauen, die im Sambawagen am Fenster standen: „Hey, Schaffner. Kommst du mal zu uns mit deiner Pfeife? Wir wollen auch mal blasen!"

Also - ich bin kein Kind von Traurigkeit und zu fast jeder Schandtat bereit, aber das trieb mir dann doch die Schamesröte ins Gesicht. Nach der Abfahrt vermied ich es tunlichst, durch den Sambawagen zu gehen.

Am Dienstabteil angekommen, traf mich der nächste Keulenschlag. Hier wartete die Frau mit dem „unmoralischen Angebot" auf mich. Sie war diesmal nicht allein. Als sich unsere Blicke trafen, bekam ich plötzlich weiche Knie und einen ganz trockenen Hals, wie ein Pennäler bei seinem ersten Rendezvous. War diese Frau ein Wesen von einem anderen Stern? Hatte sie gar magische Kräfte? Ich konnte ihrem Blick nicht entweichen. Langsam kam sie auf mich zu. Es trennten uns nur noch wenige Zentimeter voneinander. Jetzt! Sie nahm mich ganz sanft in die Arme, presste ihren fast noch jugendlichen, vor Erotik knisternden Körper fest an meinen und säuselte mir mit bewegter Stimme ins Ohr: „Überlege es dir bitte noch einmal, du kannst gerne mitkommen. Wir übernehmen alle Kosten, wir haben sogar zwei Doppelzimmer mit Durchgangstüre gebucht. Allerdings solltest du nur für mich und meine beiden Kegelschwestern da sein!"

Mir wurde schwindelig. Der Boden drohte unter mir aufzugehen; ich hatte das Gefühl, als würde ich in einen tiefen Abgrund stürzen.

Das Quietschen der Bremsen bei der Einfahrt in den Bahnhof Münster/W brachte mich zurück in die Wirklichkeit. Der Bahnhof Münster/W, er war meine Rettung! Mit sanftem Druck befreite ich mich aus der nicht unangenehmen Umklammerung dieser schönen Frau, ordnete schnell meine Kleider und begab mich auf den Bahnsteig. Puh! Das war knapp.

Erst mal kräftig durchatmen. Die Lungen wieder mit Sauerstoff voll pumpen und einen klaren

Kopf bekommen. Das durfte, ja das konnte doch gar nicht wahr sein! Jetzt waren sie wieder da, die Zweifel. Sollte ich nun zu Hause anrufen und sagen: „Schatz, ich werde nicht in Osnabrück abgelöst. Etwas ist bei der Disponierung schiefgelaufen. Ich muss leider durchfahren bis Weißenhäuser Strand."

Warum ist im Leben alles so schwer und ungerecht verteilt? Wie in Trance löste ich auf dem Bahnsteig stehend mein Handy vom Gürtel und drückte die Nummer meiner Familie. „Zugführer, Ausfahrt steht", rief plötzlich eine Stimme. Erschrocken blickte ich auf meine Uhr. Abfahrtszeit! Bandansage aktivieren, Achtungspfiff geben, automatische Türschließeinrichtung betätigen. Nochmals einen Kontrollblick am Zug längs gleiten lassen und Zp-9 Taste drücken. Jeder Handgriff sitzt und geht fast wie von selbst, da schon tausendfach getan.

Aus dem Handy tönte die Stimme meiner Frau. Ich sagte: „Moment bitte, ich rufe gleich zurück!" Noch einen Bahnhof, fünfundzwanzig Minuten Fahrzeit, und ich musste mich einer wirklich großen Entscheidung stellen. Als ich durch den Zug zum Dienstabteil lief, hatte ich das Gefühl, von dieser unbekannten Frau permanent beobachtet zu werden.

Nein, nein und nochmals nein! Handy vom Gürtel nehmen, Nummer drücken und warten. „Rumm", tönte es aus der Ohrmuschel. Meine Frau. Ich teilte ihr mit, dass ich kurz vor Osnabrück sei, den planmäßig vorgeschriebenen Zug erreichen und wie verabredet zu Hause sein werde. Die Entscheidung war gefallen. Gott sei Dank! Ich suchte jetzt das Abteil der unbekannten Schönen auf und teilte ihr meinen Entschluss mit.

„Du hängst wohl sehr an deiner Familie", meinte sie zu mir. Als ich diese Frage mit einem stummen Kopfnicken bejahte, nahm sie mich noch einmal in ihre Arme und sagte: „Schade, es wäre bestimmt schön geworden mit uns. Du bist nämlich genau mein Typ."

Zu Hause habe ich dann einige Male mit meiner Frau über den Vorfall gesprochen. Dieses Erlebnis hat mich persönlich noch lange beschäftigt. Ich glaube, ich habe mich damals richtig entschieden.

Feuer unter dem Hintern – oder wie schnell man 100 $ verliert

So, noch eine Nacht (die letzte von drei Nächten), anschließend zwei Tage frei und dann ab in den wohlverdienten Urlaub! Ja, wenn da nicht... Aber alles der Reihe nach.

An diesem Abend hatte ich den D 353, einen Nachtschnellzug von Dortmund nach Prag, auf der Strecke Köln - Frankfurt/M - Würzburg Hauptbahnhof als Zugführer zu begleiten. Es war ein lauer Sommerabend, ich hatte meinen Urlaub nah vor Augen, kurzum, ich fühlte mich pudelwohl. Da mein Stammschaffner bereits Urlaub hatte, war für heute die Kollegin Nicole eingeteilt, eine junge Schaffnerin von gerade mal neunzehn Lenzen. Auch ein zukünftiger Kollege war mit von der Partie. (Er machte kurze Zeit später seine Zugführerausbildung und ist heute Lokführer bei der BD AG, Geschäftsbereich Fernverkehr).

Zwischen Köln und Bonn kam der erste Schock. Energieausfall in gleich zwei Wagen! Mit meiner Taschenlampe leuchtete ich in den Schaltschrank. Bingo! Alles in tschechischer Sprache! Nur anhand der mir vertrauten Anordnungen der Schalter und Piktogramme, die ja fast in allen Wagen der europäischen und osteuropäischen Bahnverwaltungen identisch sind, konnte ich mich einigermaßen durchwursteln. Da - es wurde Licht! Aber nur für einen kurzen Moment. Ich wiederholte die gleiche Prozedur noch einmal von vorne: Schalter und Sicherungen auslegen, einen Moment warten und dann wieder einlegen. Wie ich mich auch abmühte, es wurde nicht mehr hell. Hier war ich mit meinem Latein am Ende. Jetzt war ein Techniker gefragt.

Vom Bahnhof Bonn Hbf aus gab ich eine Vormeldung nach Koblenz Hbf ab, mit der Bitte, unverzüglich einen Wagenmeister an den D 353 zu schicken, um eventuell den Schaden beheben zu können.

In Koblenz Hbf erwartete mich keine gute Nachricht. Man teilte mir schlichtweg mit, dass der einzige Wagenmeister, der so spät abends noch Dienst habe, nur für Güterzüge ausgebildet sei und sich bei Reisezugwagen, insbesondere von ausländischen Verwaltungen, nicht auskenne. Noch an Ort und Stelle rief ich die Verkehrsaufsicht in Mainz an und bat, mittlerweile doch leicht genervt, um einen Wagentechniker. Ich wollte meinem Gegenüber in zwei Sätzen das Problem schildern, als er mir ins Wort fiel: „Du hast Glück, Kollege! Neben mir steht ein Wagenmeister, allerdings ist er privat unterwegs und wartet auf seinen Zug nach Hause."

Ich berichtete dann dem Wagenmeister von meinem Problem und bat ihn inständig, auf mich zu warten und mir zu helfen. „Lieber Kollege, mein letzter Zug für heute Abend fährt in fünfzehn Minuten. Ich kann also nicht auf dich warten. Aber du hast mir den Schaden so genau beschrieben, dass ich zu wissen glaube, wo der Fehler liegt. Ich werde sofort meine Kollegen in Frankfurt/M unterrichten, damit sie Bescheid wissen und geeignete Maßnahmen treffen können."

Ein kleiner Hoffnungsschimmer zeichnete sich ab am warmen Sommernachtshimmel. Ich bedankte mich und setzte meine Fahrt in Richtung Mainz - Frankfurt/M fort. Fünf Minuten Verspätung hatte ich durch mein Telefonieren dem Zug eingehandelt. Nun denn, es war begründet.

Bei der Einfahrt in den Frankfurter Hbf erblickte ich drei (!) Wagenmeister – Eisenbahner erkennt man schon von Weitem. Ich wollte ihnen kurz den Sachverhalt erklären, doch sie hatten alles fest im Griff. Sicherungskasten aufschrauben, drei große Panzersicherungen wechseln, Steckverbindungen vom Generator über den Verteilerkasten bis hin zur Batterie erneuern. Vorsorglich tauschten die Techniker auch das stark angegriffene Masseband. „So, Kollege", sagte einer der Wagenmeister zu mir, „in deinem Fall haben wir auch die Sicherungen mit ausgetauscht. Ich schlage vor, du lässt erst mal die Klimaanlage bis Würzburg ausgeschaltet, damit sich die Batterie wieder etwas erholen kann."

Ich bedankte mich recht herzlich für diese schnelle Hilfe, meldete meinen Zug fahrbereit und setzte dann meine nächtliche Fahrt fort.

Ich hatte gerade einem farbigen US-Amerikaner ein Ticket für drei Personen nach Nürnberg verkauft, das er mir mit zwei Fünfzig-Dollar-Noten bezahlte, als der Schlafwagenschaffner ganz aufgeregt auf mich zulief und mich bat mitzukommen. „So eilig wird es doch wohl nicht sein?" entgegnete ich und fragte, „Was ist denn eigentlich los?"

„In meinem Wagen stinkt es so komisch. Wenn du dich bitte davon überzeugen könntest?"

„Du wirst wahrscheinlich Fahrgäste in deinem Wagen haben, die sich die Füße nicht richtig oder längere Zeit überhaupt nicht gewaschen haben. Soll vorkommen, dass es auch solche Fahrgäste in unseren Zügen gibt."

„Nein, nein, es riecht ganz anders. Komm bitte mit!"

Er lief voran, ich folgte ihm. Je näher wir an den Schlafwagen kamen, desto merkwürdiger roch es. Nein, das waren keine „Schweissmauken" - hier brannte es! Mittlerweile kamen auch meine beiden Mitstreiter herbei. Kurz erklärte ich den Sachverhalt und meine Vermutung. Der Schlafwagenschaffner reichte mir die Belegungsliste. Den Eintragungen zufolge waren zwölf Personen im Wagen. Der Brandgeruch war im hinteren Teil des Wagens, wo sich auch das Dienstabteil befand, am stärksten. An der Verbindungsstelle konnte man dünne, leicht bläuliche Rauchfähnchen aufsteigen sehen. Verdammt noch eins, dachte ich sofort, der Wagen brennt! Besetzt mit ahnungslos schlafenden Reisenden! Feuerlöscher! - Wie in Trance gab ich Anweisung, Feuerlöscher jeglichen Inhalts herbeizuschaffen. „Aber bitte fix und ohne großes Aufsehen!" rief ich hinterher.

Wo sind wir? Wann kommt der nächste Halt? Soll ich die Notbremse ziehen? Muss ich den Schlafwagen räumen lassen? Meine Gedanken überschlugen sich jetzt förmlich. In diesem Moment hasste ich den Wagenpark, der einerseits aus neuen, klimatisierten Wagen bestand, andererseits aber auch älteres Wagenmaterial enthielt. In den meisten Fällen bestand dann keine Funkverbindung zum Lokführer, wie auch heute. Von dieser Seite war keine direkte Hilfe zu erwarten. Musste ich bei Tempo 120 km/h doch die Notbremse ziehen?

Ein Blick auf meine Dienstuhr zeigte mir, in vier Minuten erreichen wir den Bahnhof Hanau Hbf. In diesen nicht enden wollenden vier Minuten ging ich mit meinen Gedanken buchstäblich durch die Hölle! Habe ich richtig gehandelt, war es in Ordnung, nicht zu räumen, oder hätte ich doch die Notbremse...? „Hier, Zugführer, drei Feuerlöscher!" hörte ich meinen Mitstreiter Ingmar sagen. Ich beorderte die junge Kollegin nach vorne, um im Bahnhof Hanau sofort den Lokführer zu unterrichten. „Ingmar, du bleibst bitte in meiner Nähe!"

Da - ein vertrautes, ja ein erlösendes Geräusch! Luft entwich aus den Bremszylindern, der Zug bremste! Seltsamerweise war bis dato kein Fahrgast aus dem Schlafwagen aufgewacht.

Je langsamer der Zug sich bewegte, desto stärker wurde die Rauchsäule am Wagenende. Dann ging alles sehr schnell. Stillstand des Zuges. Ich sprang auf der bahnsteigabgewandten Seite aus dem Zug in den Schotter. Oben an der Tür stand Ingmar, bereit, mir einen Feuerlöscher zu reichen. Der Schlafwagenschaffner alarmierte den Aufsichtsbeamten. Da erblickte ich das Dilemma: über der letzten Achse hatten sich Öl und Fett entzündet; ein flüchtiger Blick auf den Feuerlöscher - gefüllt mit Pulver nach DIN - also genau der richtige! Sicherungsknopf ziehen, Knopf drücken und draufhalten! Ganz mechanisch spulte ich diese Handlungen herunter, so als hätte ich tagtäglich mit solchen Sachen zu tun. „Leer", rief ich, „schnell einen anderen Löscher!" Irgendjemand reichte mir einen weiteren Behälter an. Sicherung entfernen, Knopf drücken und draufhalten! Aber was war das? Ein Wasserlöscher! „Keinen Wasserlöscher", schrie ich, „da brennen doch Öl und Fett!"

„Hier, Zugführer. Ein Schaumlöscher, ich reiche ihn dir vom Bahnsteig aus!" Mit dieser Ladung machte ich dem Feuer endgültig den Garaus.

Hustend und nach Luft ringend kroch ich mit zitternden Knien unter dem Wagen hervor.

Puh - das war knapp!

„Mach dich erst mal sauber, Zugführer!" meinte mein Lokführer, „Ich werde inzwischen den Wagen lauftechnisch untersuchen."

Ja, wie sah ich denn aus? Das Löschpulver hatte nicht nur bei dem Feuer gewirkt, sondern auch auf meiner Kleidung deutliche Spuren hinterlassen. Ich war ganz überdeckt mit einem feinen Staubfilm. In der „Aufsichtsbude" säuberte ich Gesicht, Hände und Haare, zog mein Oberhemd aus und klopfte es dann kräftig auf dem Bahnsteig aus.

Der Lokführer gab Entwarnung. „Hier brannten nur überschüssiges Fett und Öl, kein Grund zur Beunruhigung!" Sein Wort in Gottes Ohr.

Mit einer Verspätung von dreißig Minuten setzten wir unsere Reise fort. Ein mulmiges Gefühl blieb trotzdem bei mir zurück. Ich hielt mich bis zum Würzburger Hauptbahnhof immer in der Nähe des Schlafwagens auf, achtete peinlich genau auf jedes unnormale Geräusch. Aber alles ging gut.

Im Würzburger Hauptbahnhof erwartete uns ein Wagentechniker, um den Wagen abermals gründlich zu untersuchen. Auch hier war das Ergebnis positiv. Der Wagenmeister bescheinigte uns, dieser Wagen sei uneingeschränkt lauffähig. Trotzdem vereinbarten wir, dass in Nürnberg Hbf nochmals eine Wagenprüfung stattfinden sollte.

Schließlich wollten wir alle auf der sicheren Seite stehen. In der anschließenden Pause verfasste ich einen ausführlichen Bericht über diesen Vorfall.

Beim Ordnen meiner Unterlagen stellte ich fest, dass ich die eingenommenen einhundert Dollar, die ich in die Brusttasche meines Hemdes gesteckt hatte, verloren hatte. Vermutlich war mir das Geld beim Ausschütteln des Oberhemdes aus der Tasche gefallen. Sofort rief ich den Aufsichtsbeamten in Hanau an und bat ihn, auf dem Bahnsteig nach den zwei Dollarnoten zu suchen. Nach kurzer Zeit kam der Rückruf. „Kollege, ich habe nichts gefunden! Hier fahren die ganze Nacht über Züge und bei den Luftwirbeln...." - weiter wollte ich gar nicht mehr hören.

Missmutig dachte ich: Über zweihundert Mark haben sich sprichwörtlich in Luft aufgelöst. Junge, Junge, das gibt Probleme bei der Abrechnung! Nach dieser Nachtschicht brauchte ich sehr lange, um in den wohlverdienten Schlaf zu fallen.

Eine außergewöhnliche Belohnung – und was davon übrig blieb

Drei Wochen Urlaub, davon zwei mit meiner Frau und unseren beiden Kindern auf einer deutschen Nordseeinsel. Kein Bahnhof, kein Zug, der mich an meine Arbeit erinnern könnte, nur Sonne, Ebbe und Flut. Unser Quartier war sauber und komfortabel, wir hatten also Erholung pur. Endlich einmal Zeit haben für die Kinder und die Ehefrau, mit ihnen etwas unternehmen können, wozu im Eisenbahneralltag mit dem unregelmäßigen Schichtdienst kaum oder überhaupt keine Zeit bleibt.

So erholt und guter Dinge meldete ich mich bei meinem Arbeitgeber frohgelaunt aus meinem Urlaub zurück. Natürlich quoll mein Namensfach über vor lauter Berichtigungen, Weisungen usw.. Doch was war das? Ich sollte eine erneute Stellungnahme zu dem Vorfall im D-Zug 353 abgeben. Hatte ich beim ersten Mal einen Punkt übersehen oder gar nicht erst angegeben? Ich begab mich umgehend in das Zimmer der Kollegin.

„Hallo Ewald, gut erholt siehst du aus!" mit diesen freundlichen Worten wurde ich von ihr begrüßt. „Hallo Bleichgesicht!" konterte ich, „Du hast deinen Urlaub wohl noch vor dir, oder?"

Nachdem wir unsere Nettigkeiten miteinander ausgetauscht hatten, kamen wir auch gleich zum

Kern unseres Gesprächs. Meine Kollegin erläuterte mir Folgendes: Weil ich bei dem Nachtschnellzug D 353 durch besonnenes und umsichtiges Handeln verhindert hatte, dass ein Schlafwagen, der mit zwölf Fahrgästen besetzt war, lichterloh in Flammen aufging, und ich selbst das Feuer mehr oder weniger im Keim ersticken konnte, stünde mir eine außergewöhnliche Belohnung zu!

Zu diesem Zweck überreichte sie mir ein Formular, das ich unterschreiben musste. Den dank meines Handelns nicht entstandenen Schaden bezifferte man auf etwa zwei Millionen Mark (zwölf Menschenleben plus ein Schlafwagen)! Bei einer außergewöhnlichen Belohnung standen mir bis zu 10% von dieser Summe zu. Bei dem Gedanken wurde mir leicht schwindelig. Innerlich begann ich zu rechnen. Selbst bei einem derzeitigen Spitzensteuersatz von 57% wären es in diesem Fall noch 86.000 DM. Die Summe war weit höher als mein Bruttojahreseinkommen! Bei dieser Vorstellung bekam ich feuchte Hände.

Als ich nach meiner Schicht zu Hause ankam, erzählte ich alles meiner Frau. „Freu dich nicht zu früh, mein Lieber! Du bist nun lange genug bei dem Unternehmen beschäftigt, um zu wissen, dass die DB noch nie etwas freiwillig ausbezahlt hat. Und erst recht nicht in dieser Höhe!"

Weibliche Logik - mitten ins Schwarze getroffen.

„Na ja," meinte ich dann kleinlaut, „selbst wenn es nur 2% werden, wären das noch über 17.000 DM."

Zwei Wochen später wurde ich wieder wegen dieser Angelegenheit zu meiner Kollegin bestellt. Sie eröffnete mir, dass es mit der außergewöhnlichen Belohnung nichts werde. Schließlich sei ja nichts passiert. Es hätte auch nicht der Wagen, sondern lediglich überschüssiges Fett und Öl an der Achse gebrannt. Auch seien keinerlei Beschwerden von Fahrgästen, insbesondere denen vom Schlafwagen, bei dem Unternehmen DB eingegangen. „Natürlich ist fast nichts passiert", antwortete ich, „weil ich damals schnell, umsichtig und besonnen gehandelt habe!"

Nach Ansicht der Verwaltung wäre es erst dann eine außergewöhnliche Belohnung wert gewesen, wenn ich unter Einsatz meines eigenen Lebens Menschen aus einem brennenden Wagen gerettet hätte. Nachtigall, ich hör dir tapsen! Sofort klangen mir wieder die Worte meiner Frau in den Ohren.

Unstrittig war, dass ich mich vorbildlich und korrekt verhalten hatte. Deshalb schlug man mich auch bei der Niederlassung für eine gewöhnliche Belohnung vor. Das bedeutete für mich, dass ich mit einer Summe von 50 DM bis 500 DM rechnen konnte. Besser als gar nichts, dachte ich und willigte in den Vorschlag der Dienststelle ein.

Wie eine Seifenblase war der Traum von einem unerwarteten Geldsegen zerplatzt. Ich wusste nicht einmal, auf wen ich jetzt sauer sein sollte: auf mich selbst, weil ich im ersten Moment allzu euphorisch war, auf meine Kollegin, die mich den Vordruck für eine außergewöhnliche Belohnung hatte unterschreiben lassen? Auf den Sachbearbeiter in der Verwaltung, der letztlich nur nach Recht und Gesetz entschieden hatte, oder auf die Mitarbeiter in der Werkstatt, die beim Einfetten einfach zu viel des Guten getan hatten? Ich selbst konnte mir diese Frage nicht beantworten.

Wochen später wurde ich erneut wegen dem Vorfall zu meinem Abteilungsleiter beordert. Dieser teilte mir mit, dass ich eine Belohnung zu erwarten hätte, in Folge eines Löschvorganges beim Nachtschnellzug D 353 im Bahnhof Hanau. Die Niederlassung West bedankte sich nochmals recht herzlich bei mir und würdigte mein Tun mit einer Belohnung von 100.- DM. Mir versagte die Stimme. Meine Kehle war wie zugeschnürt. Ich spürte, wie ich aus Wut und Enttäuschung rot anlief. So viel war also dem Unternehmen diese Sache wert! Da kam ich nicht einmal auf mein persönliches Kassendefizit durch die verlorenen einhundert Dollar. Gruß- und wortlos wollte ich das Zimmer meines Vorgesetzten verlassen, als der mich ansprach: „Stimmt irgendetwas nicht? Ist alles in Ordnung?"

„Nichts ist in Ordnung!" hörte ich mich wie aus weiter Ferne sagen. „Hundert Dollar habe ich bei der Aktion verloren; die Unternehmenskleidung war so verschmutzt, dass ich sie entsorgen musste. Selbst meine Unterwäsche hatte den Brandgeruch angenommen, so dass ich sie ebenfalls wegwerfen konnte. Und das alles für eine lächerliche Belohnung von einhundert DM? Nein danke, dann verzichte ich lieber auf das Geld!" Ich hatte in dem Moment das Gefühl, ich würde jeden Augenblick platzen. Ich musste raus aus dieser Enge. Da rettet man dem Unternehmen Sachwerte und Menschenleben durch umsichtiges Handeln und dann dieser Hammerschlag!

Mein Borddienstleiter versuchte mich zu beruhigen. Auch er sah ein, dass man sich wegen dieser Angelegenheit richtig aufregen konnte. Als ich mich wieder etwas gefangen hatte, besprach er mit mir gemeinsam, wie man sich, ohne gleich aufeinander losgehen zu müssen, einigen könnte. Er überredete mich, erst einmal die einhundert Mark anzunehmen. Durch diesen Umstand sollte der Verlust von fünfzig Dollar egalisiert werden. Über die Restsumme schlossen wir dann einen Kompromiss, mit dem beide Seiten gut leben konnten.

Nach dieser leidigen Geschichte hatte ich noch lange "einen Hals" auf das Unternehmen Deutsche Bundesbahn/Deutsche Bahn AG. Aber je größer der Abstand wurde zu dem Geschehen, desto klarer wurde auch in meinen Augen der Vorfall. Das „Warum", „Weshalb", „Wieso" bekam plötzlich eine ganz andere Bedeutung. Letztendlich hatte ich doch das getan, wofür mich mein Arbeitgeber auch bezahlte. Ich hatte nur meine Pflicht erfüllt. In einem für das Unternehmen kritischen Moment hatte ich besonnen und mit Übersicht gehandelt und somit größeren Schaden abgewendet. Genau genommen und mit Abstand betrachtet hatte mein Arbeitgeber, was die Höhe der Belohnung anbelangte, richtig entschieden.

Kein alltäglicher Vorgang – trotzdem lief alles glatt!

Was würde passieren, wenn man bereits vor Dienstbeginn wüsste, was sich im Lauf der Dienstschicht alles ereignen würde. Manch einer würde sich vor Angst noch einmal umdrehen und einfach weiterschlafen. Sind wir also froh darüber, dass der Durchschnittsmensch nicht in die Zukunft sehen kann.

Heute hatte ich einen leichten Job zu erledigen! Den ganzen Tag über fuhr ich nur als Betreuer, hatte demzufolge immer einen „Chef" bei mir, auf dem die ganze Verantwortung lastete.

Der erste Zug am heutigen Morgen war der Thalys 9414 nach Aachen. Es war wie immer. Begrüßung der Fahrgäste am und im Zug, ein „Smalltalk" mit unseren allmorgendlichen Pendlern. Bereitwillig gaben wir Auskunft darüber, wo der Anschlusszug nach Nizza in Brüssel zu finden ist und ob es weit wäre, um zum Eurostar zu gelangen. „Verkaufen Sie mir auch Karten für die Metro in Paris?" wurde ich gefragt. „Nein, mein Herr, die bekommen Sie bei meiner netten Kollegin an der Bar im Wagen 24." Selbst die Frage, mit welcher Metrolinie man denn nach Disneyland Paris käme, konnten meine Kollegen und ich mittlerweile beantworten.

In Aachen wartete ich auf meinen Chef. Gemeinsam schlenderten wir zur Kantine für ein zweites Frühstück. Galt es doch, die hundert Minuten Zugpause irgendwie rumzukriegen. Zwischen Rührei mit Speck und heißem Kaffee redeten wir über unsere Familien und unseren Job, der ja nicht immer leicht ist.

Fast hätten wir vor lauter Reden und Fachsimpeln die Zeit vergessen.

Pünktlich um 8.56 Uhr fuhr unser Zug in den Bahnhof ein. Beim Anblick der belgischen Lok runzelte unser Lokführer die Stirn. „Wenn das mal gut geht! Dieser Loktyp ist sehr störanfällig. Es wird Zeit, dass die belgische Eisenbahn die Baureihe endlich aus dem Verkehr nimmt!"

Wie zur Bestätigung seiner Worte dauerte es unheimlich lange, bis wir mit dem Zug auf Geschwindigkeit waren. Ich bemerkte während der Fahrt, dass er zweimal eine Hauptschalter-Auslösung hatte, das bedeutet, dass die Stromversorgung unterbrochen war. Einer Vorahnung folgend begab ich mich in den vorderen Zugteil, um mit meinem Chef zu sprechen. Auf dem Weg nach vorne registrierte ich die dritte Unterbrechung der Stromzufuhr.

„Das bedeutet nichts Gutes, Ewald." Mit diesen Worten empfing mich mein Zugführer Wolfgang F.. In diesem Moment ertönte die Aufforderung des Lokführers, dass sich der Chef bei ihm melden solle. Ich bemerkte, dass unser Zug immer langsamer wurde. „Jawohl, ich werde alles Weitere veranlassen. Danke für die Mitteilung!" Fragend schaute ich meinen Chef an. „Lokschaden." In diesem Wort lag alles, was uns jetzt fordern konnte. Meine inneren Fragen überschlugen sich: Wo sind wir? Schaffen wir es noch bis zu einem Bahnhof oder bleiben wir auf freier Strecke liegen? Als hätte Wolfgang meine Gedanken erraten, telefonierte er mit dem Lokführer. „Wir werden es noch in den Bahnhof Langerwehe schaffen, aber wir werden nicht am Bahnsteig zum Halten kommen, da es zu spät war, die eingestellte Fahrstraße zu ändern!"

Aus einigen Gesichtern der Fahrgäste konnte ich Besorgnis und Angst herauslesen. Jetzt bloß keine Panik verbreiten! Ruhe, Gelassenheit und eine positive Ausstrahlung von uns Zugbegleitern war nun oberstes Gebot. Zum Glück ließen sich an diesem belgischen Wagenpark die Außentüren nur zentral vom Zugbegleiter öffnen.

Der Zugführer Wolfgang machte dann auch eine Durchsage mit den Worten: „Meine Damen und Herren, wegen eines Lokschadens verzögert sich die Weiterfahrt unseres Zuges um 20 bis 30 Minuten. Bitte haben Sie Geduld, wir werden Sie weiterhin unterrichten." Fast gleichzeitig nahm ich über Handy Kontakt mit dem zuständigen Fahrdienstleiter im Bahnhof Langerwehe auf. Auch der Zugführer telefonierte schon mit der zuständigen Transportleitung. „Ewald", sagte plötzlich mein Chef, „du bist der Ältere und Erfahrene von uns beiden. Bitte übernimm du das Amt des Zugführers! Außerdem sprichst du drei Fremdsprachen. Sag mir einfach, was ich zu tun habe!" Donnerwetter, das war mutig von meinem Kollegen, in solch einer Situation einen Schritt zurückzutreten und mir die Verantwortung zu überlassen.

Aus meinem Handbuch für Thalys-Zugbegleiter suchte ich die entsprechenden Ansagetexte in den verschiedenen Sprachen heraus. Zwischenzeitlich ging Wolfgang durch den Zug, um sich um verängstigte Reisende zu kümmern. Der Lokführer teilte uns nach einer Weile mit, dass eine Weiterfahrt unmöglich sei. Deshalb hatte er eine Hilfslok aus Köln angefordert. Sollten wir jetzt über eine Stunde in einem Zug ohne Klimaanlage ausharren müssen, bis Hilfe aus Köln anrollte? Dies konnten und wollten wir unseren Fahrgästen nicht zumuten!

Wir verhandelten mit dem Fahrdienstleiter von Langerwehe und der Transportleitung. Unser beider Gedanke war, den hinter uns fahrenden Regionalexpress zu stoppen und unsere Fahrgäste zu evakuieren. Sie könnten dann mit einer kleinen Verspätung ihre Reise fortsetzen. Aus der geöffneten Türe des Gepäckabteils hatte ich immer Blickkontakt zum Fahrdienstleiter. „Zugführer, die Transportleitung hat unserem Vorschlag zugestimmt. Der Zug kann evakuiert werden. Dazu ist das Gleis 1 gesperrt worden und die Züge der Gegenrichtung erhalten alle einen Vorsichtsbefehl." Wieder machte ich in den vier Sprachen Deutsch, Englisch, Französisch und Niederländisch die entsprechende Durchsage. Erst dann entriegelte mein Kollege Wolfgang die Außentüren auf der betreffenden Seite. Die Fahrgäste halfen sich gegenseitig, der ganze Vorgang dauerte keine zehn Minuten. Nachdem sich Wolfgang und ich davon überzeugt hatten, dass alle Leute, die umsteigen wollten, den Zug verlassen hatten, meldeten wir dem Fahrdienstleiter die „Evakuierung" des Zuges als beendet und schlossen daraufhin die Türen.

Nachdem unsere Fahrgäste glücklich in den mittlerweile auf Gleis 1 eingefahrenen Zug umgestiegen waren, fiel von uns beiden doch eine gewisse Anspannung ab. „Schau mal, Ewald! Da klatschen unsere Leute aus dem anderen Zug Beifall und werfen uns „Kusshändchen" zu. Ist das nicht toll?" In der Tat, das war mehr als eine Anerkennung unserer geleisteten Arbeit.

Im Zug befanden sich noch vier Reisende. Zwei russische Staatsbürger, die sichtlich nichts verstanden hatten, und zwei Eisenbahner. Da diese den ganzen Vorgang völlig desinteressiert beobachtet und nicht mitgeholfen hatten, stellte ich die beiden zur Rede. „Meine Herren, ich hätte es

sehr gerne gesehen, wenn Sie sich an der Evakuierung beteiligt und mitgeholfen hätten!" Daraufhin meinte einer von ihnen lapidar: „Diese Sache
war viel zu gefährlich. Sie haben mit den Leben
unserer Fahrgäste gespielt. Ich werde dafür sorgen, dass Sie aus dem Zugbegleitdienst entlassen
werden!" Nachdem ich sie aufgeklärt hatte über
die von mir getroffenen Maßnahmen, zuckten sie
nur mit den Schultern. Ich ließ mir ihre Dienst-
fahrkarten zeigen, notierte Namen, Dienststelle
und Nummern der Ausweise. Ich verwies darauf,
dass ich über diesen Vorfall einen Bericht anfer-
tigen müsse, auch über das Verhalten von ihnen.
Daraufhin meinten sie, das würde mir noch leid
tun. Ich habe diese unterschwellige Drohung einfach ignoriert.

Merkwürdig stimmte mich aber schon, dass die
beiden Kollegen, anstatt mit dem anderen Zug zur
Arbeit zu fahren, in unserem defekten Zug
verblieben, um so wissentlich über siebzig Minuten später zur Arbeit zu erscheinen! Ich würde
das ebenfalls in meinen Aufzeichnungen erwähnen.

Nach Feierabend schrieb ich zu Hause einen detaillierten Bericht über dieses nicht alltägliche
Vorkommnis. Telefonisch bat ich meinen Disponenten, meinen morgigen Dienst tauschen zu dürfen, um beim Leiter Zugbegleitdienst persönlich
über den Vorgang berichten zu können. Dieser
Bitte konnte entsprochen werden.

Natürlich wusste anderntags die halbe Dienststelle Bescheid, dass Wolfgang und ich den Schnellzug D 411 evakuiert hatten. Auch der Borddienstleiter und dessen Vertreter waren doch etwas nervös ob unserer Vorgehensweise, wussten sie doch nichts über die Hintergründe. Der Vertreter des Chefs, Herr M., bat mich in sein Zimmer. „Das ist aber eine ganz heiße Kiste, die Sie da abgeliefert haben, Herr Rumm!" „Ja, ich weiß. Aber die genauen Gründe und die detaillierte Vorgehensweise von mir und meinem Kollegen in Zusammenarbeit mit dem Fahrdienstleiter und der zuständigen Transportleitung entnehmen Sie bitte meinem schriftlichen Bericht!" Mit diesen Worten übergab ich ihm den umfassenden Schriftsatz. Bequem lehnte er sich zurück und las voller Interesse.

Eine innere Unruhe erfasste mich plötzlich. Hatte ich alles richtig gemacht oder konnte man mir bei dieser Sache doch einen Fehler nachweisen? Voller Ungeduld erwartete ich das Urteil meines Vorgesetzten. Endlich erhellte sich die Miene meines Chefs und er lächelte mir aufmunternd zu. „Tja, Herr Rumm, Sie haben in diesem Fall umsichtig und besonnen gehandelt. Ein Lob geht ebenfalls an Ihren Mitarbeiter, Herrn F., der die Situation auch richtig eingeschätzt hat. Was die beiden anderen Herren Eisenbahner betrifft, die Sie nicht unterstützt haben, so werde ich mich mit deren Vorgesetzten unterhalten. Es kann ja wohl nicht angehen, dass diese Kollegen einfach tatenlos zusehen. Nochmals herzlichen Dank für Ihren Mut und die Entscheidung, den Zug zu evakuieren. Aber bitte lassen Sie so eine Sache nicht zur Gewohnheit werden!" Ich versprach, den Ratschlag zu beherzigen und verabschiedete mich von ihm.

Dieser Vorfall hat sich noch lange in meinem Kopf festgesetzt. Ob mir ein zweites Mal solch ein Coup gelingen würde, war sehr fraglich. Immer wenn ich mit dem Schnellzug D 411 den Bahnhof Langerwehe passierte, musste ich an die durchgeführte Evakuierung denken.

Papas siebzigster Geburtstag – oder immer Ärger mit den Chefs

Große Ereignisse werfen ihre Schatten voraus! Das Jahr 1996 – es sollte, ja es musste einfach das Jahr des vorgezogenen Millenniums werden! Eine riesige Familienfeier war angesagt. Im Mai würde mein Vater seinen siebzigsten Geburtstag feiern. Das wird wieder mal ein Anlass sein, dass sich der gesamte Familienclan ein munteres Stelldichein gibt. Alle werden sie wieder kommen, meine Geschwister mit Familien, meine Onkels und Tanten, meine Cousinen und Cousins, natürlich auch mit ihren Familien. Es sollten überdies auch noch die Schwiegereltern von mir und meinen verheirateten Brüdern eingeladen werden.
Bei dieser langen Einladungsliste kommen dann mal schnell 50 Personen zusammen. Klar, dass man so eine Feier nicht in den eigenen vier Wänden abhalten kann, man muss schon eine geeignete Lokalität suchen und finden. Im Januar des betreffenden Jahres machte sich meine Mutter, hinter dem Rücken unseres Vaters, auf die Suche nach einer Räumlichkeit, unterstützt durch meine Brüder, die im gleichen Ort wohnen. An alles musste gedacht werden. Nichts durfte schief laufen. Schließlich war es das letzte große Familientreffen unseres Clans im auslaufenden Jahrtausend! Hochzeiten waren keine mehr in Sicht, nur

noch ein vierzigster Geburtstag von einem unverheirateten Bruder.

Kopfzerbrechen machte meiner Mutter allerdings eines: Würde ihr ältester Sohn, der Eisenbahner, es schaffen, diesmal ohne große Mühe zu dem Ereignis zu kommen? Im Januar teilte mir meine Mutter den Termin mit. Es sollte der erste Sonntag nach Papas Geburtstag sein. Dazu ist anzumerken, dass ich aus der Landwirtschaft stamme und ein großer Teil der Verwandtschaft noch in diesem Berufszweig beschäftigt ist. Das bedeutet natürlich, dass die Feier nur an einem Sonntag stattfinden konnte. Für mich hieß das, ich benötigte ein langes freies Wochenende.

In der ersten Februarwoche machte ich mit dem betreffenden Disponenten alles klar. Er zeigte Verständnis dafür, dass ich einfach freihaben musste für so ein großes Fest. Laut Dienstplan hätte ich aber das ganze Wochenende arbeiten müssen.

In den folgenden Wochen und Monaten führten meine Frau und ich zahlreiche Gespräche mit meiner Mutter oder unseren Schwägerinnen. Alles musste organisiert, nichts durfte dem Zufall überlassen werden. Schließlich wollten wir, die Kinder, unserem Vater auch auf diesem Wege Dank sagen dafür, dass er uns auf den rechten Weg ins Leben geführt hat.

Je näher der Termin des Geburtstages rückte, desto unruhiger wurde ich. Mehrmals fragte ich bei dem Diensteinteiler nach, ob es denn auch klappen würde mit meinen außerplanmäßig verlangten Ruhetagen. „Keine Sorge", wurde mir dann immer mitgeteilt, „du stehst an der dritten Stelle, da kann nichts anbrennen! Außerdem hast du ja eine gute Begründung für deinen Antrag." Euer Wort in Gottes Ohr, ging es mir durch den Kopf. Gut, zugegeben, wir hatten zu diesem Zeitpunkt einen sehr großen Personalengpass, einen hohen Krankenstand, aber ich hatte mich bisher ständig angeboten, auch an meinen Ruhetagen Fahrleistungen zu erbringen.

Heute ist Montag, der 2. Mai. Papas Geburtstag! Obwohl ich aus der zweiten Nachtschicht komme und todmüde bin, zwinge ich mich, noch ein bisschen wach zu bleiben. Denn ich möchte gerne einer der ersten sein, der Papa zu seinem Ehrentag gratuliert, wenn auch nur fernmündlich. Schließlich sind es zwischen meiner Wohnung und meinem Elternhaus etwa 350 km. Bei dieser Entfernung ist „eben mal ein Händeschütteln" nicht drin.

Tatsächlich hatte meinem Vater außer meiner Mutter noch niemand gratuliert. Natürlich hatte er sich riesig über den Anruf gefreut. Meine Frau sowie die beiden Kinder gratulierten ebenfalls. An diesem Morgen brauchte ich etwas länger zum Einschlafen, hatte ich doch mit der Familie ausgiebig gefrühstückt.

Als ich an diesem Abend mein Zuhause verließ, um den dritten und letzten Nachtdienst zu versehen, war ich guter Dinge. Einmal noch mit dem Zug „Euronight Donauwalzer" nach Würzburg fahren und mit dem Zug „City-Night-Line" wieder zurück nach Köln. Danach zwei Tage nachtdienstfrei und ab Freitag vier Tage Ruhe für Mehrleistung (Unter diesem Begriff baut man angehäufte Überstunden ab.). All diese Dinge würde ich noch vor Dienstbeginn mit dem Disponenten der Form halber klären.

Meine Enttäuschung war riesengroß, als mir der Disponent auf meine diesbezügliche Frage antwortete, dass ich an diesem gewünschten Wochenende gar kein „frei" hätte, sondern arbeiten müsse. Etwas irritiert ob dieser Aussage forderte ich ihn auf, in das Vormerkbuch zu schauen, vielleicht sei die ganze Angelegenheit noch nicht übertragen worden. Aber hier tauchte mein Name erst gar nicht auf. Da muss doch ein Versehen vorliegen, schoss es mir durch den Kopf. Hier stimmte etwas nicht. Im gesamten Monat Mai des Jahres 1996 tauchte im Vormerkbuch der Name Ewald Rumm nicht auf. Man konnte aber auf der oberen Hälfte des Blattes unschwer eine Radierung feststellen! Mürrisch und ungehalten forderte ich den "Dispo" auf, sich darüber Gedanken zu machen, wer denn am Wochenende meine planmäßigen Touren fahren sollte. Ich, so stellte ich unmissverständlich fest, würde jedenfalls nicht am Wochenende zur Arbeit erscheinen, komme, was da wolle. Über die Tragweite dieses in Rage gesagten Satzes war ich mir zu diesem Zeitpunkt nicht im Klaren.

Der Nachtdienst verlief ohne Probleme. Meine Gedanken waren aber immer noch bei diesem Vormerkbuch. Wie konnte plötzlich mein Name verschwinden? Hatte hier jemand radiert? Wenn ja, aus welchem Grund? Was sollte es. Immerhin hatte die Fahrmeisterei fast drei Tage Zeit, diese Sache noch glatt zu bügeln.

Just in diese Gedankengänge hinein klingelte mein Handy. Der Disponent forderte mich auf, nach Dienstende im Büro des Borddienstleiters vorzusprechen. Nanu, hatte ich etwas ausgefressen oder sollte eine Beförderung anstehen? Egal, in einer halben Stunde würde ich es erfahren.

Erstaunt war ich dann doch darüber, als ich in das Zimmer des Borddienstleiters eintrat, dass sogar dessen Vertreter und der Disponent vom Nachtdienst anwesend waren (Dieser Kollege hatte seit über drei Stunden frei!). Nachdem man mir Platz angeboten hatte, kam der Vertreter des Chefs sofort auf den Punkt. „Herr Rumm, Sie haben gestern Abend dem hier noch anwesenden Disponenten erklärt, Sie würden am Wochenende die Arbeit verweigern, da Sie zu einer Feier wollen! Ich mache Sie darauf aufmerksam, dass diese Aussage als Dienstverweigerung disziplinarische Maßnahmen nach dem Beamtenrecht nach sich ziehen kann." Aha. Aus dieser Ecke kam der Wind! Um die anwesenden Herren nicht noch mehr zu verärgern, gab ich unumwunden zu, dass ich diese Aussage gemacht hatte. Allerdings, so gab ich zu bedenken, ginge ich nicht zu irgendeiner Feier, sondern zu Papas siebzigstem Geburtstag. Außerdem hatte ich mich im Vormerkbuch eintragen lassen, wo mein Name auf wundersame Weise verschwunden war. Der Borddienstleiter legte mir nahe, meine Zunge zu zügeln, denn dies sei eine ungeheure Anschuldigung.

„Was wahr ist, muss wahr bleiben!" rief ich erregt in den Raum hinein, „Oder kann hier jeder machen, was er will? Dies ist doch keine Führungsetage, sondern ein Kindergarten!" Mit jedem Wort wurde ich lauter und immer erregter. Der Chef mahnte mich zu mehr Ruhe und Sachlichkeit. „Für was haben wir ein Vormerkbuch, wenn sich niemand an das hält, was darin vermerkt ist? Dann ist dieses Buch doch unnütz und reine Papierverschwendung!" Ich redete mich in diesem Moment wirklich um Kopf und Kragen. Erneut wurde ich vom Chef zu Besonnenheit und Sachlichkeit ermahnt. „Andere bekommen schon frei, wenn sie Fußball spielen wollen." gab ich wieder zurück, „Soll ich meinem Vater auch noch mitteilen, wenn er sterben müsse, dann nur an einem meiner Ruhetage?"

Mein Chef sprang von seinem Sessel auf, schlug mit der Faust auf den Tisch und sagte mit hochrotem Kopf: „Jetzt reicht es aber, Herr Rumm! Genug dieser Behauptungen und Unterstellungen! Ich glaube, Sie gehen erst einmal nach Hause und schlafen sich richtig aus. Wir rufen Sie morgen wieder an!" Gruß- und wortlos verließ ich das Zimmer. Jetzt ist alles aus, dachte ich noch so bei mir. Diese Feier findet wohl endgültig ohne mich statt.

Zu Hause empfing mich meine Frau mit den Worten: „Hast du Ärger mit deinen Vorgesetzten gehabt? Du möchtest bitte deinen Chef anrufen!" „Ja, ich habe Ärger mit meinen Vorgesetzten gehabt und das nicht zu knapp. Stell dir vor, ich kann am Wochenende nicht zu Papas Feier fahren! Aber woher weißt du das?" „Weil dein Chef hier bei uns angerufen und mit mir gesprochen hat."

Also Rückruf bei der Dienststelle. Mein Chef persönlich teilte mir einen für, wie er fand, beide Seiten akzeptablen Vorschlag mit. Ich sollte auf den zweiten freien Tag verzichten, dafür eine Frühschicht übernehmen. Samstag und Sonntag hätte ich frei, am Montag müsste ich jedoch außerplanmäßig eine Nachtschicht fahren. Diesem salomonischen Kompromiss stimmte ich zu, bedankte und entschuldigte mich für mein Verhalten in seinem Büro. „Jetzt schlafen Sie sich erst einmal richtig aus, fahren zu Ihren Eltern und feiern Geburtstag und kommen am Montag wieder wohlbehalten zurück! Über diesen Vorfall werden wir noch sprechen müssen."

Die Familienfeier war ein voller Erfolg! Alle waren sie gekommen. Mein Vater war überwältigt. Ein Onkel und eine Tante trugen jeweils selbst verfasste Gedichte vor. Das Essen war vorzüglich, auch der Wettergott zeigte sich von seiner besten Seite. Doch das Schönste war, dass sich jeder in dieser Gesellschaft wohlfühlte.

Wie jedes Fest ging auch diesmal die Feier viel zu schnell zu Ende. Man verabschiedete sich, obwohl es noch so manches zu erzählen gab.

Am Montagmorgen frühstückten wir noch gemeinsam mit meinen Eltern. Dann verabschiedeten wir uns herzlich von ihnen. Mein Vater bedankte sich für unser Kommen sowie das Geschenk und wünschte uns eine angenehme bzw. staufreie Heimreise.

Als ich am Abend zum Nachtdienst ging, hatte ich doch ein mulmiges Gefühl. Ich bat den Disponenten, dass er einen Termin bei meinem Chef für den folgenden Morgen vormerken sollte. Ein breites Grinsen war alles, was der Disponent als Kommentar für mich übrig hatte.

Diesmal saß ich mit meinem Vorgesetzten allein in dessen Büro, geschafft und übernächtigt nach 11 Stunden Nachtdienst. Nachdem er mir Kaffee angeboten hatte, sprachen wir sehr lange und intensiv über den Vorfall der letzten Woche. Wir kamen zu dem Schluss, dass in diesem Falle auf beiden Seiten Fehler gemacht worden seien, was zwangsläufig zu Irritationen und Fehlverhalten geführt hätte. Vielleicht hätte man im Vorfeld mit Einfühlungsvermögen, Sachlichkeit und Besonnenheit zu einer für beide Seiten akzeptablen Einigung kommen können.

Als ich mich von meinem Chef verabschiedete, hatte ich das untrügerische Gefühl, dass diesem Mann das Wohl seiner Mitarbeiter wirklich am Herzen liegt. Klar, dass alle an einem Strang ziehen müssen, wenn es bei Personalknappheit zu Engpässen kommt!

Was niemand erahnen konnte, traf ein. Dies war die letzte große Familienfeier. Innerhalb der nächsten zwei Jahre verstarben ein Onkel und mein Vater.

Reise gewonnen – Zug verpasst!

Gähn! Mit seinem unverwechselbaren hohen Klingelton erinnerte mich mein Wecker, es ist Zeit zum Aufstehen. Noch einmal strecken, dann auf leisen Sohlen, wie ein Liebhaber, das Schlafzimmer verlassen. Schließlich wollte ich den Rest der Familie nicht aufwecken. Ein Blick zur Uhr - 4.40 Uhr! Ich lag genau in der Zeit. Bei meinen Frühdiensten war alles minutiös vorgeplant. Und doch hatte ich an diesem Morgen das Gefühl, als käme heute etwas auf mich zu, etwas, was mich fordern könnte.

Wie ein Dieb, ohne Lärm zu verursachen, schlich ich aus der Wohnung. Auf dem Weg zum Bahnhof traf ich Post- und Polizeibeamte, Krankenschwestern und Pfleger. Wir alle hatten eines gemeinsam: Frühdienst.

Auf der Dienststelle orderte ich die Unterlagen für die bevorstehende Schicht, wechselte mit dem einen und anderen Kollegen ein paar freundliche Worte, bevor ich mich auf den Weg nach Düsseldorf machte. Hier begann meine eigentliche Arbeit. Ich unterstützte den belgischen Kollegen im Thalys 9420.

Kurz vor Abfahrt des Zuges kam eine Frau hilfesuchend auf mich zu. Sie zog einen prall gefüllten schwarzen Reisekoffer hinter sich her. Sie war ca. 50 Jahre alt und etwa 1,60 m groß. Alles in allem eine gepflegte, zierliche Erscheinung. Unsicher umherblickend fragte sie mich: „Entschuldigung, ich habe ein Problem. Ich suche meine Freundin, wir waren schon in Bochum miteinander verabredet, haben uns aber anscheinend verpasst." Sie sprach deutsch mit französischem Akzent – köstlich. „In zwei Minuten kommt ein IC - Zug aus Bochum hier am gleichen Bahnsteig. Halten Sie einfach mal Ausschau!" entgegnete ich. „Aber meine Freundin kommt aus Wattenscheid." Puh! Das Problem scheint größer, als zuerst angenommen. "Wissen Sie, meine Freundin hat nicht nur die Fahrkarten für uns beide, sondern auch die Unterlagen für unser Hotel in Paris."

Ich bot ihr an, mit meinem Handy zu telefonieren. Dankend nahm sie an. Aber ihre Freundin meldete sich nicht. Ratlosigkeit und Sorge breitete sich über ihr hübsches Gesicht. „Darf ich mal kurz meinen Mann anrufen? Vielleicht hat sie sich bei ihm gemeldet, da ich ja kein Handy mithabe." „Bitte, tun Sie sich keinen Zwang an", entgegnete ich und mahnte im gleichen Augenblick zum Einsteigen. „Aber ich habe keinen Fahrausweis", sprudelte es aus ihr heraus. Ihre Stimme klang so süß, so lustig. „Steigen Sie zuerst einmal ein, deponieren Ihr Gepäck an dieser Seite und dann schauen Sie in aller Ruhe im Zug nach Ihrer Freundin!" Ungläubig starrte sie mich an. Als ich ihr aber aufmunternd zuzwinkerte, machte sie sich auf die Suche.

Leider blieb ihre Unternehmung bis zur Ankunft in Köln erfolglos. Sichtlich nervöser wurde die Dame, als man in Köln vor lauter Leuten den Bahnsteig nicht mehr erkennen konnte. „Und was mache ich jetzt?" Ängstlich und zugleich hilfesuchend schaute sie mich an. „Lassen Sie die Reisenden in den Zug einsteigen, dann wiederholen Sie bis Aachen das gleiche Spiel, wie schon zuvor zwischen Düsseldorf und Köln." „Aber ich habe noch immer keinen Fahrschein", entgegnete sie mir. „Das ist jetzt nicht so wichtig. Suchen Sie Ihre Freundin, das hat Vorrang." Sie bat abermals um mein Handy, um ihren Mann anrufen zu können.

Mein belgischer Kollege und ich kontrollierten gemeinsam unseren Zug. Bereitwillig beantworteten wir alle Fragen unserer Kunden. Wir waren behilflich, wenn Fahrgäste, die nicht rückwärts fahren konnten, sich umsetzen wollten, verkauften und regulierten nicht korrekt ausgestellte Fahrausweise. Es war halt fast eine ganz normale Fahrt.

Kurz vor Aachen suchte ich die Dame erneut auf. Zum einen war ich neugierig, ob sie Erfolg hatte mit ihrer Suche, zum anderen, weil sie immer noch mein Handy hatte. „Vielen Dank für Ihre Freundlichkeit, aber ich habe meine Freundin nicht gefunden. Sie ist wie vom Erdboden verschluckt. Der Anrufbeantworter geht auch nicht an. Jetzt mache ich mir ernsthafte Sorgen."

„Hat denn Ihr Mann keine Nachricht von Ihrer Freundin erhalten?" fragte ich. „Das wäre aber jetzt die letzte Möglichkeit, die noch übrig bleibt." Abermals überließ ich ihr das Handy, um zu telefonieren. Dankbar nahm sie diese erneute Geste an. Leider brachte auch dieses Gespräch keine Klarheit in die doch etwas verworrene Situation. „Nein, es hat keinen Sinn mehr, ich breche hier meine Reise ab und fahre wieder nach Hause." Wehmut und zugleich Sorge um ihre Freundin klangen aus ihrer Stimme. „Wissen Sie, meine Freundin hat eine Reise nach Paris gewonnen. Drei Übernachtungen in einem fünf Sterne Hotel für zwei Personen. Wenn ich die gesamten Hotelunterlagen hätte, würde ich allein nach Paris fahren und dort auf meine Freundin warten, aber unter diesen Umständen!"

Da ich nun eine Stunde Aufenthalt hatte, konnte ich mich ganz den Belangen der Frau widmen.

Gemeinsam mit der örtlichen Aufsicht in Aachen suchte ich nach einer geeigneten direkten Verbindung nach Bochum. Ein Blick zur Uhr, ja, diesen Zug würde sie erreichen. Hilfsbereit trug ich ihren Koffer zum anderen Bahnsteig. Dort erklärte ich meiner jungen Kollegin kurz den Sachverhalt. Plötzlich brachen wir alle in ein schallendes Gelächter aus. Diese Situation war auch zu komisch, zu unrealistisch, und dennoch wahr.

„Ich habe noch etwa 150,00 DM, reicht dies für eine Fahrkarte zurück nach Bochum?" Fragend blickte sie meine Kollegin an. Ohne dass wir uns abgesprochen hätten, entgegnete sie: „Steigen Sie zuerst mal ein, relaxen Sie, und alles Weitere wird sich zeigen!" Da wusste ich, dass auch meine junge Kollegin Menschenkenntnis besaß und nur das Beste für unsere Fahrgäste wollte. Als sie zum Einsteigen mahnte, verabschiedete sich die Dame von mir mit einem herzlichen Händedruck und den Worten: "Merci bien – c`est la vie!"

Hier konnte ich mit wenig Aufwand, nur durch Zuhören und besonnenes, überlegtes Handeln dazu beitragen, das Image der DB AG und das der Zugbegleiter im Besonderen in ein positives Licht zu rücken. Manchmal benötigt man im Leben halt nur ein Lächeln, ein wenig Verständnis für die Situation anderer Menschen. Wer dann noch über seinen eigenen Schatten springt, mal die Fünf gerade sein lässt, der wird sehr schnell merken, dass das Leben viel weniger Hindernisse hat, als man gemeinhin annimmt!

Das Grauen hat einen Namen – Eschede

Der 3. Juni 1998. Jedem Eisenbahner wird dieses Datum in Erinnerung bleiben. Exakt um 10.59 Uhr entgleiste der ICE Wilhelm Conrad Röntgen in unmittelbarer Nähe der Stadt Eschede in voller Fahrt bei Tempo 200 km/h. 101 Menschen starben auf tragische Weise bei diesem unvorstellbaren Eisenbahnunglück!

An diesem schwarzen Tag für die deutsche Bahn AG war ich mit dem französischen Hochgeschwindigkeitszug Thalys und den Schnellzügen aus Oostende zwischen Köln und Aachen eingeteilt. Ich hatte mir im Aufenthaltsraum einen Kaffee gekocht und eine Illustrierte zum Lesen aufgeschlagen, als das schrille Klingeln meines Diensthandys die Stille zerriss. Im Display erkannte ich die Nummer meiner Frau. Was war passiert? Ist etwas mit den Kindern? Ich hatte plötzlich das Gefühl, als würde dieser Anruf nichts Gutes bringen. „Ja, was ist los?" „Gott sei Dank, du lebst!" „Was redest du da für wirres Zeug? Ich sitze hier in Aachen in unserem Aufenthaltsraum und trinke eine Tasse frischen Kaffee." „Ein Zug ist verunglückt! Wir haben es gerade im Radio gehört. Nur konnte ich nicht heraushören, wo das Unglück geschehen und was genau passiert ist." Mir lief es eiskalt über den Rücken bei solchen Gedanken. „Ich schalte sofort das Radio ein, um ein paar Details zu erfahren. Danke für den Anruf. Bis heute Nachmittag!" Hastig drehte ich am Sender, um eventuell einen Hinweis auf das Unglück zu bekommen. Die Suche blieb vorerst negativ. Auf allen verfügbaren Kanälen lief Musik.

Eine sonderbare Unruhe befiel mich plötzlich. Ein Zugunfall in der heutigen hochtechnisierten Zeit? Das ist doch fast undenkbar. Die Technik, insbesondere unsere Computerstellwerke, ist absolut sicher. Nur grob fahrlässiges menschliches Handeln könnte zu solchen Unfällen führen. „Meine Damen und Herren, wir unterbrechen unsere Sendung für eine dringende Meldung. Wie wir soeben erfahren haben, ist in der Nähe der Stadt Eschede ein ICE der deutschen Bahn entgleist. Näheres ist noch nicht bekannt. Sobald wir mehr wissen, melden wir uns wieder." Ich starrte mit offenem Mund auf das Radio. Wie konnte ein Zug, auch noch das Paradepferd der DB, ein ICE, entgleisen? Per Handy rief ich beim Aufsichtsbeamten an. Auch der wusste nicht mehr als ich.

Eschede, nein, ich wusste nicht einmal, wo der Ort überhaupt lag. Ich war gerade dabei, auf einer Eisenbahnkarte, die ich immer bei mir hatte, herauszufinden, wo sich Eschede befindet, als die Radiosendung erneut unterbrochen wurde. „Meine Damen und Herren, wir berichten jetzt direkt vor Ort durch unseren Reporter!" Was ich nun zu hören bekam, ließ mein Blut in den Adern gefrieren. Der Reporter erklärte, dass ein Auto von einer Brücke gefallen sei, direkt auf den Zug, der daraufhin entgleist sei. Nach sogenannten Augenzeugenberichten soll es sich bei dem Auto um ein Fahrzeug der Bahn AG gehandelt haben. Welch ein makabrer Zufall. Ausgerechnet ein Einsatzfahrzeug der Bahn sollte Schuld sein an solch einem Unglück? Fassungslos und mit zitternden Knien begab ich mich zur Aufsicht. „Hast du inzwischen mehr über den Hergang oder über das ganze Ausmaß erfahren?" fragte ich. „Nein, Ewald. Aber ich habe meine Frau angerufen, sie möchte bitte einen Nachrichtensender im Fernsehen einschalten, um mich so auf dem Laufenden zu halten." „419 plus 15!" die Stimme aus dem Lautsprecher klang blechern. Die Aufsicht quittierte diese Meldung. Für uns Insider war die Meldung klar. Sie besagte, dass der Zug D 419 aus Oostende nach Köln 15 Minuten Verspätung hatte. „Ewald, komm schnell zu mir! Die 13.00 Uhr Nachrichten fangen an." Hastig begab ich mich zur Aufsicht. „...den Rettungskräften bietet sich ein Bild des Grauens! Die Eisenbahnwaggons sind ineinander verkeilt und stehen teilweise übereinander. Aus umgestürzten Waggons kann man verzweifelte Hilferufe hören! Betonteile von der eingestürzten Brücke liegen auf den Wagen. Von überallher treffen Rettungskräfte ein. Selbst Hubschrauber kommen zum Einsatz. Die Eisenbahnstrecke ist gesperrt, die Unfallstelle weit-

räumig abgeriegelt, so dass nur noch die Rettungsmannschaften Zugang haben. Von offizieller Seite der Bahn war bis jetzt keine Stellungnahme zu bekommen. Wir werden Sie..."
Weiter wollte ich gar nicht mehr hinhören. Verstohlen drehte ich mich um, um mir ein paar Tränen aus dem Gesicht zu wischen. Das, was wir gerade gehört hatten, war unvorstellbar. Selbst in meiner Phantasie konnte ich mir dieses Inferno nicht vorstellen.
Auf der Fahrt mit dem D 419 nach Köln war ich sehr betrübt. Meine Gedanken wanderten immer wieder zu diesem Unfall. Als ich den Aufenthaltsraum in Köln betrat, hatten sich schon viele Kollegen um den Fernseher geschart. Es war mittlerweile 14.00 Uhr vorbei. Langsam kamen die ersten detaillierten Berichte und Standbilder von seriösen Agenturen über den Bildschirm. Was wir da zu sehen bekamen, konnte man nicht mit Worten beschreiben. Fassungslos und mit feuchten Augen wandte ich mich ab. Mein Gott, dachte ich, wie konnte so etwas Grauenvolles passieren? Immerhin hielt sich hartnäckig die These, dass ein Fahrzeug der Eisenbahn am Unglück schuld sei. Mittels einer Computersimulation zeigte man den vermeintlichen Unfallhergang. Mir wurde plötzlich schlecht! Ich musste hier raus und an die frische Luft. Jetzt erst mal richtig durchatmen, die Lungen wieder mit Sauerstoff versorgen.

Als ich endlich zu Hause ankam, empfing mich meine Frau mit den Worten: „Wie siehst du denn aus? Du bist ja kreidebleich." Mir war einfach nur übel. Missmutig stocherte ich in meinem Essen herum. „Dieser Unfall geht dir wohl sehr zu Herzen? Leg dich zuerst einmal ein bisschen hin, sonst kippst du mir noch um." Dankend nahm ich diese Aufforderung an.

Um auf andere Gedanken zu kommen, stürzte ich mich nachher auf die Gartenarbeit. Rasenmähen, Unkraut jäten und die Blumenbeete durchharken, dies alles brachte mich auf andere Gedanken. „Hallo Ewald, ist das nicht furchtbar, was da heute in Eschede passiert ist?" Erschrocken schaute ich auf. Meine Nachbarin, selbst bei Reise & Touristik beschäftigt, kam vom Dienst nach Hause. „Ja, ich habe die ersten Bilder in den Nachrichten gesehen. Das Ereignis ist so grauenvoll, dass mir die Worte fehlen. Im Krieg kann es nicht verheerender gewesen sein als an dieser Unglücksstelle!"

In den 20.00 Uhr Nachrichten kamen die ersten offiziellen Stellungnahmen von verantwortlichen Eisenbahnern. Man ermittele nach allen Richtungen, hieß es da nur knapp. Das Eisenbahnbundesamt habe die Ermittlungen aufgenommen. Auch die zuständige Staatsanwaltschaft sei vor Ort. Der Bundesgrenzschutz unterstütze beide Organe. Man werde sich seitens der DB AG nicht an irgendwelchen Spekulationen beteiligen, sondern mit Sachverstand dazu beitragen, dass der Unfall so schnell wie möglich aufgeklärt werden kann. Während der Sprecher der DB das Statement abgab, konnte man im Bildhintergrund die Rettungskräfte bei der Arbeit beobachten. Sie bargen unter Einsatz ihres Lebens aus den Trümmern Tote und Verletzte. Aus der nahe gelegenen Stadtrandsiedlung eilten selbstlos Menschen herbei, um zu helfen. Einige brachte Decken und Laken für die Verletzten. Andere wiederum versorgten die mutigen Retter mit Getränken.

Natürlich war dieses tragische Ereignis das Gesprächsthema Nummer eins - nicht nur unter uns Eisenbahnern! Die Zeitungen waren voll davon. Täglich musste man die Anzahl der Todesopfer nach oben korrigieren. Fest stand, dass vom Zugbegleitpersonal nur der Lokführer und ein Betreuer überlebt hatten. Für die Hinterbliebenen unserer getöteten Kollegen wurde auf unserer Dienststelle eine Kondolenz- und Spendenliste ausgelegt.

Nach ein paar Tagen wurde die These, dass ein Fahrzeug der DB Unfallverursacher gewesen sein könnte, verworfen. Vielmehr hielt sich das Gerücht, dass der Zug wegen einem gebrochenen Radreifen entgleist sei. Jetzt brodelte die Gerüchteküche über. Wird bei der DB in der Wartung etwa der Rotstift angesetzt? Wird, nur um auf dem Papier einigermaßen schwarze Zahlen stehen zu haben, die Eisenbahn kaputt gespart? Wird nur noch alles schön geredet? Spart man jetzt selbst an der Sicherheit? Geht man leichtfertig mit Menschenleben um? Fragen über Fragen, jedoch keine genauen Antworten. Das Thema bekam plötzlich eine neue Wendung, als sich ein Arbeiter eines Instandhaltungswerkes mit dem Geständnis outete, er wisse um den Umstand von Haarrissen in den Radreifen der ICE Züge!

Diese Meldung schlug bei den Medien ein wie eine Bombe. Sollte die Vermutung, die schon lange bei uns Eisenbahnern herrschte, richtig sein, dass immer am falschen Ende gespart wird und nicht da, wo es nötig wäre, nämlich den Verwaltungswust endlich zu durchforsten? Mussten letztendlich 101 unschuldige Menschen sterben, nur weil kein Geld zur ordentlichen Instandhaltung vorhanden war?

Das Makabre an diesem tragischen Unfall ist aber Folgendes: Schlägt man nach im Brockhaus unter Röntgen, Wilhelm Conrad, so erfährt man, besagter Herr war deutscher Physiker und erhielt für die Entdeckung der Röntgenstrahlen 1901 den Nobelpreis für Physik. Seine Entdeckung ist heute in der Medizin und gerade in der Werkstoffprüfung nicht mehr wegzudenken.

Oh, du fröhliche... – oder die überfahrene Mülltonne

Es ist jedes Jahr das gleiche Ritual unter uns Eisenbahnern. Zum Winterfahrplan schaut jeder Zugbegleiter als erstes: Wie habe ich an Weihnachten und die Nacht von Silvester auf Neujahr Dienst. Da mache auch ich keine Ausnahme. Dieser Jahreswechsel von 1999 in das Jahr 2000 hatte es jedoch bei mir in sich. Alle drei Tage an Weihnachten hätte ich zu arbeiten gehabt und auch noch auf Silvester den letzten Zug von Brüssel nach Köln! Mit dem Disponenten kam ich überein, dass ich mir den 24. Dezember, also Heiligabend frei nehmen würde. Mehr war bei dieser langanhaltenden angespannten Personalsituation nicht zu vertreten. Nun ja, den 27. und 28. Dezember hatte ich planmäßig frei.

Heute ist der 25. Dezember. Ich habe sehr schlecht geschlafen. Über den Westen Deutschlands tobte in dieser Nacht ein Sturm, teilweise mit Orkanstärke. Der Wind bläst immer noch sehr heftig und man muss das Lenkrad mit beiden Händen umklammern. Ich bin an diesem Morgen froh, dass ich unbeschadet um 5.40 Uhr mit dem Auto auf der Dienststelle bin. Die Stimmung auf der Dienststelle ist an diesem Morgen freundlich und gelöst. Jürgen, mein Mitarbeiter, ist auch schon da. Gemeinsam schauen wir uns die „Seat-

Map", die Reservierungsliste für den Thalys 9414 an. Wir lächeln. Sind es doch heute morgen nur 19 Fahrgäste für die erste Klasse und 79 für die zweite Klasse, die mit uns nach Paris fahren wollen. Das sind die Zahlen für die Abfahrt in Brüssel. Ab Köln haben wir an diesem Morgen lediglich drei Gäste in der ersten Klasse und neunzehn in der zweiten Klasse.

Am Bahnsteig treffen wir unseren Lokführer René. Auch er ist frohen Mutes, obwohl ihm der Sturm einiges Kopfzerbrechen bereitet. „Hoffentlich ist kein Baum an der Strecke umgeknickt bei diesem Sturm heute Nacht und auf die Gleise gefallen", orakelt er. „Dann werfen wir ihn wieder runter", rufe ich ihm hinterher.

Kurz vor der Abfahrt unseres Zuges klingelte mein Handy. Die Diensteinteilerin der Firma Railmaster teilte mir mit, dass der Stuart, der für diesen Zug eingeteilt war, verschlafen hatte. In Brüssel käme dann aber die Bereitschaft. Bis dahin sollte ich als verantwortlicher Train-Manager das Beste aus der Situation machen. Jetzt musste ich mir selbst an die Nase fassen. Ich hatte gar nicht darauf geachtet, ob die Bar besetzt war.

Wir hatten gerade unsere 22 Fahrgäste kontrolliert und wollten ihnen kostenlos Kaffee und Tee anbieten, als der Triebfahrzeugführer René eine Notbremsung einleitete. Bestürzt schauten Jürgen und ich einander an. Was war passiert? Vor meinem geistigen Auge liefen Gegenmaßnahmen für den einen oder anderen Fall ab. In diesem Moment ertönte im gesamten Zug die elektronische Aufforderung, dass sich das Zugbegleitteam beim Lokführer melden musste. Ich rannte sofort zur nächsten Sprechstelle und meldete mich. „Hallo René", hörte ich mich sagen, „was ist los?"

„Ewald, wir haben etwas überfahren, komm bitte schnell zu mir nach vorne!" „Einen Menschen oder ein Tier?" fragte ich besorgt nach. „Weiß ich nicht genau, es war jedenfalls sehr groß und dunkel. Ein Mensch kann es vermutlich nicht gewesen sein. Ich schätze mal, es war eher ein Fahrausweisautomat oder eine Mülltonne!" Ich musste trotz der angespannten Situation lächeln. Ein Fahrausweisautomat bestand aus Metall, war mit dicken Schrauben auf dem Bahnsteig fest verankert. So ein Gegenstand wog mindestens 5 - 7 Zentner. Fast ausgeschlossen, dass dieses Gebilde auf den Schienen lag. Und eine Mülltonne? Weit und breit keine Wohnhäuser, nur ein Industriegebiet, das wir aber schon passiert hatten. Was also hatte René da gesehen und was hatten wir nun wirklich überfahren?

„René, leidest du neuerdings unter Halluzinationen oder hast du deinen Kaffee mit Cognac verwechselt?" „Weder noch. Mach endlich, dass du nach vorne kommst!" Während ich per Handy die Transportleitung anrief, um die Strecke zu sperren, informierte Jürgen unsere Fahrgäste über den unvorhergesehenen Halt.

Mit der kleinen Handleuchte „bewaffnet" verließ ich den Zug über die Ladetür im vorderen Triebkopf. Alle anderen Ausstiegstüren ließ ich aus Sicherheitsgründen geschlossen. Als ich meinen Lokführer erblickte, erschrak ich. Er sah richtig fertig und mitgenommen aus. Dies war ja auch kein Wunder. „Komm, lass uns den Zug gemeinsam von außen kontrollieren. Ich glaube, allein schaffe ich das nicht!" Mir war es recht, hatte ich doch selbst ein flaues Gefühl in der Magengrube. Jürgen kam auch noch zu uns. Nachdem wir uns vergewissert hatten, dass die Strecke gesperrt war, untersuchten wir den Zug. René und ich nahmen die eine, Jürgen die andere Seite. Die Nase unseres Thalys war stark demoliert. Überall war Flüssigkeit verspritzt. Aber war das Blut? Ich mochte nicht daran denken! „Jürgen, alles in Ordnung auf deiner Seite?" hörte ich mich rufen. „Alles paletti! Und bei euch?" Um noch mehr zu sehen, entzündete René eine Signalfackel. Das war ein gleißendes, grelles Licht. Dadurch wurde die Nacht fast taghell erleuchtet. Aber als wir uns am Zugende trafen, hatten wir nichts Ungewöhnliches entdecken können. Nur dass es uns die Nase und den „Frontflügel" gehörig verbogen hatte. „Da muss es aber noch etwas geben." sagte ich, „Wir haben zwar Weihnachten, doch an tieffliegende Engel glaube ich nicht!" René war immer noch stark mitgenommen, die Ungewissheit zerrte an seinen Nerven. Auch wir anderen beiden

waren sehr aufgewühlt wegen dieses Unfalls.
„Ewald, ich gehe noch mal ein Stück zurück, es
muss doch einen Hinweis geben über diesen Zu-
sammenstoß!" Unterdessen versuchte ich meinen
Lokführer zu beruhigen, auf ihn einzureden, dass
alles vielleicht nicht so schlimm sei.
„Hierher, hierher, ich habe etwas entdeckt!" hörten wir Jürgen rufen. Jetzt war sie wieder da, die
Angst vor dem Ungewissen. Mein Herz schlug
mir bis zum Hals. Was wird uns in wenigen Au-
genblicken erwarten? Wird es gleich eine grausi-
ge Entdeckung geben oder wachen wir aus einem
schlechten Traum auf? „Hier, schaut mal! Der
Hebel der manuell bedienbaren Weiche ist total
verbogen und da liegt ein großes schwarzes Teil."
Jetzt sahen wir es auch. Wozu gehörte dieses
schwarze Ding, dessen Kanten so scharf waren
wie ein Rasiermesser? „Zu mir! Ich habe das
Miststück entdeckt!" Aufgeregt winkte uns Jürgen aus dem Dunkeln entgegen. Als wir näher
kamen, atmeten wir erleichtert auf. Vor uns lag
eine völlig demolierte und verformte Großraum-
mülltonne. „Da haben wir aber noch mal Glück
gehabt!" meinte der Lokführer. „Lass uns erst
einmal einen Blick in die Tonne werfen!" entgegnete ich, „Es soll ja Menschen geben, die auf bes-
tialische Weise unliebsame Mitbürger entsorgen."
Aber die Tonne war leer. Gott sei Dank!!
Nachdem ich die Transportleitung und den Bundesgrenzschutz informiert hatte, setzten wir unse-

re Fahrt mit verminderter Geschwindigkeit bis Aachen fort. Dort inspizierten wir noch einmal bei besseren Lichtverhältnissen den beschädigten Triebkopf. Außer einer aufgeschlitzten Hydraulikleitung konnten wir keine weiteren Schäden erkennen. Das kaputte Teil hatte nur Auswirkungen, wenn der Zug mit einem anderen gekuppelt werden musste. In Lüttich gab ich einen kurzen Lagebericht bei dem örtlichen Personal ab, mit der Bitte, den festgestellten Schaden und die entstandene Verspätung nach Brüssel weiterzuleiten. Mit der Verspätung von einer Stunde verließen wir den Bahnhof Lüttich. Auf der Weiterfahrt bekam ich die Nachricht, ich solle den Zug in Brüssel räumen, weil man ihn erst in die Werkstatt bringen wollte zur gründlichen Untersuchung. Für die Weiterfahrt würde ein anderer Thalys zur Verfügung stehen. Ich teilte diese Meldung unseren Fahrgästen mit. Sie zeigten für die Situation Verständnis und waren froh, dass der Unfall doch insgesamt glimpflich ausgegangen war. Als kleine Entschädigung für die entstandenen Unannehmlichkeiten händigte ich ihnen Gutscheine der Deutschen Bahn AG aus.

In Brüssel verabschiedete sich eine Familie aus Brasilien von mir, deren Vorfahren aus Deutschland ausgewandert waren und wie ich auch Eisenbahner waren. Da soll mal einer behaupten, wir Eisenbahner wären keine große Familie.

Dienstbefreiung in bestimmten Fällen – der etwas andere Anhang zum Tarifvertrag

Krankheitsfall:
Krankheit ist keine Entschuldigung! Auch ein Attest Ihres Arztes ist kein Beweis, denn wenn Sie in der Lage waren, den Arzt aufzusuchen, hätten Sie auch zur Arbeit kommen können!

Todesfall:
Wird nicht entschuldigt! Für den Verblichenen können Sie nichts mehr tun und jemand anders kann die notwendigen Maßnahmen treffen. Wenn Sie die Beerdigung auf den späten Nachmittag verlegen, geben wir Ihnen gerne eine halbe Stunde frei, vorausgesetzt, Sie sind mit Ihrer Arbeit fertig.

Eigener Todesfall:
Hier dürfen Sie mit unserem Verständnis rechnen, wenn

    a) Sie uns zwei Wochen vorher über Ihr Ableben informieren, damit wir rechtzeitig Ersatz einstellen können.

b) Sie spätestens bis 9.00 Uhr anrufen, damit wir entsprechende Maßnahmen treffen können.

c) Ihre und die Unterschrift des behandelnden Arztes vorliegen, dass Sie verstorben sind. Liegen beide Unterschriften nicht vor, werden Ihnen die Fehlzeiten vom zustehenden Jahresurlaub abgezogen.

Operation:

Chirurgische Eingriffe an unseren Arbeitskräften sind untersagt! Wir haben Sie so eingestellt, wie Sie sind. Die Entfernung oder Veränderung eines Teils von Ihnen verstößt gegen den vereinbarten Arbeitsvertrag!

Silberne oder goldene Hochzeit:

Für derartige Anlässe kann keine Freistellung gewährt werden. Wenn Sie 25 oder 50 Jahre mit dem gleichen Menschen verheiratet sind, seien Sie froh, dass Sie zur Arbeit gehen dürfen!

Geburtstag:

Dass Sie geboren wurden, ist sicherlich nicht Ihr Verdienst. Darum sehen wir keine Veranlassung, Ihnen in solchen Fällen eine Freistellung zu gewähren!

<u>Geburt eines Kindes:</u>
Für derartige Fehltritte unserer Angestellten ist natürlich keine Arbeitsbefreiung vorgesehen! Sie hatten ja vorher schon Ihren Spaß.

Von einem unbekannten Autor

Der Bahnhof – ein Ort, wo nur Züge verkehren?

Der Bahnhof, ein Ort, wo nur Züge verkehren? Ich bin dieser Frage einmal bewusst nachgegangen. In der heutigen vom Kommerz beherrschten Zeit trifft diese Aussage mit Sicherheit nicht mehr zu. Brauchte man früher viel Platz für den Gepäckversand und das Reisegepäck, so nutzt man heutzutage den wiedergewonnenen Raum sehr sinnvoll. Es entstehen nicht nur Schnellimbisse, sondern auch anspruchsvolle Boutiquen. Ansprechende Restaurants laden zum Verweilen ein. Die Apotheke gehört genauso zum freundlichen Ambiente wie der Bäckerladen und die Metzgerei. Der Blumenladen, die Bahnhofsbuchhandlung und die Wechselstube sind wohl zu den Geschäften zu zählen, die seit jeher das Bild eines Bahnhofs prägten. Das italienische Eiscafé und die Pizzeria sind genauso fester Bestandteil eines modernen Bahnhofs wie das Schnellrestaurant MacDonalds und der Handyladen. Frisur zerzaust - kein Problem - auch hier erwartet der Friseur seine Kundschaft. Ein Bahnhof ohne Schnellreinigung, in der modernen Zeit fast undenkbar.
Aber was wäre das alles ohne den Reisenden, den Menschen? Er macht den Bahnhof erst zu einem pulsierenden, geschäftsträchtigen Ort. Hier hält er sich auf. Dieser Aufenthalt ist sehr unterschied-

lich und mannigfaltig. Nutzt der eine diesen Ort nur zu dem Zweck, zu verreisen oder jemanden abzuholen, so ist es für den anderen ein Ort der Verabredung. Hier trifft man sich, um Unternehmungen zu starten. Aber es gibt da auch noch die Gruppe von Menschen, die einsam sind, solche, die die Nähe und Wärme anderer suchen oder nur ihren Gedanken freien Lauf lassen. Unbestritten ist, dass der Bahnhof Ausgangspunkt für vielerlei Aktivitäten ist.

Es war Sonntagmorgen. Die große Uhr über dem Eingang des Bahnhofs zeigte 6.53 Uhr. Ich hatte heute keinen Dienst, vielmehr wollte ich mehr über unsere Reisenden herausbekommen.

Mein Blick fiel auf eine kleine Gruppe Asiatinnen. Sie unterhielten sich angeregt in ihrer Muttersprache. Ihr Blick war auf das geöffnete amerikanische Schnellrestaurant gerichtet. Mit ihren schweren, prall gefüllten Rollenkoffer betraten sie den Raum. Ich konnte mithören, wie sie ihre Bestellung in englischer Sprache aufgaben. Langsam und mit wachsamen Blicken schlenderte ich weiter.

Ein heulendes Kind lenkte meine Aufmerksamkeit auf sich. Die Mutter war bepackt wie ein Muli. Ein schwerer Koffer an der einen Hand, mit der anderen hielt sie ihr Kind fest. Auf dem Rücken trug sie einen ebenfalls schwer anmutenden olivgrünen Rucksack. Auch das Kind trug einen Rucksack, der zu einem Bären verarbeitet war.

Suchend schaute die Frau sich um. Ein Zugbegleiter, der vorbeikam, sah die Mutter und sprach sie an. Gemeinsam gingen sie an die Abfahrtstafel. Ich erkannte, dass mein Kollege den schweren Koffer an sich nahm. Jetzt hatte die Frau endlich Zeit, ihr weinendes Kind auf den Arm zu nehmen. Alle drei verschwanden im Aufzug zu Gleis 6/7.

Vor dem geschlossenen Tabakwarengeschäft knutschte ein junges Pärchen. Lächelnd ging ich vorüber. Sie waren so mit sich selbst beschäftigt, dass sie ihre Umgebung nicht mehr wahrnahmen. Vor der internationalen Wechselstube warteten die ersten Kunden auf die Öffnung. Es waren Menschen meist dunkler Hautfarbe oder osteuropäischer Herkunft.

Mein Blick schweifte hin zum Blumenladen. Die Angestellten sortierten die Auslagen, zupften welke Blätter von den Blumen und stellten ihre Waren zu einem sehr schönen, farbenprächtigen Bouquet zusammen. Neben dem Eingang stand ein Mann in einem grauen Flanellanzug. Er schien auf irgendjemanden zu warten. Neugierig geworden blieb ich stehen. Der Mann zündete sich nervös eine Zigarette an. Unruhig ging er auf und ab, ständig auf die Uhr schauend. Plötzlich erhellte sich seine Miene. Auch ich schaute in die Richtung. Ich erblickte eine junge attraktive Frau, Mitte zwanzig, schlank und elegant gekleidet. Vater und Tochter? Nein, ich glaube kaum, denn begrüßt ein Vater seine Tochter mit einem Zungenkuss? Also doch ein Meister und seine Muse, wie man in Künstlerkreisen zu sagen pflegt.

Von Kaffeedurst geplagt steuerte ich auf das italienische Café zu. Ich nahm so Platz, dass ich einen großen Raum vor mir einsehen konnte. Am Nebentisch saß ein älterer Herr. Er hatte sich „Frühstück komplett" bestellt. Mit viel Liebe bestrich er das duftende Brötchen und trank genüsslich den herrlich duftenden Kaffee. Zugegeben, seine Kleidung entsprach nicht mehr dem derzeitigen Trend, aber war er deshalb ein Mensch zweiter Klasse? Mitnichten. Vielleicht war er ein Witwer, allein, einsam und suchte Geborgenheit in der Gemeinschaft? Ich bezahlte und verließ das Café.

An dem großen Panoramaschaufenster des Drogeriemarkts verweilte ich abermals. Das konnten doch unmöglich Reisende sein, die hier einkauften. Oder etwa doch? Wer hat noch nie eine Reise gemacht und irgendetwas vergessen? Wie froh wäre man da gewesen, hätte es die Möglichkeit gegeben, das vergessene Teil zu kaufen. Natürlich gibt es auch Leute, die die Möglichkeit des Einkaufens am Sonntag nutzen.

Mir fiel plötzlich eine Gruppe junger Männer auf. Sie trugen alle Oberlippenbärte und hatten pechschwarze Haare. Die Kleidung könnte man etwa so beschreiben: Hauptsache Hemd, Hose und Jacke und ein paar Schuhe. Nicht nur ich hatte diese Gruppe entdeckt, auch eine Streife des Bahnschutzes wurde auf die Männer aufmerksam. Wahrscheinlich hegte sie ebenso wie ich den Verdacht des illegalen Drogenhandels. Ich beobachtete, wie einer der Beamten sein Funkgerät bediente. Die Gruppe bemerkte, dass sie vom Bahnschutz beobachtet wurde. Sie verhielten sich so, als würden sie sich voneinander verabschieden. Leider zu spät! Wie aus dem Nichts erschienen plötzlich drei Beamte des Bundesgrenzschutzes. Die Männer waren so überrascht, dass sie keinen Versuch machten, sich abzusetzen. Schön zu wissen, dachte ich, dass auch dieses ein Aspekt der neuen Bahn ist. Bahnschutz gleich Bahnsicherheit.

Ein junger Mann mit einer langstieligen Rose, die in Klarsichtfolie eingepackt war, erweckte mein Interesse. Wie ein Detektiv verfolgte ich ihn. Zielstrebig schlenderte er zum Treppenaufgang der Gleise 6/7. Ein Blick auf die Uhr. Es war 9.47 Uhr. Wenn er jemand erwartete, in drei Minuten käme ein Zug aus Hamburg, der Eurocity 9 Tiziano. Meine Vermutung war richtig. Als die Zugansagerin mit ihrer sympathischen Stimme den Zug aus Hamburg ankündigte, wurde der junge Mann sichtlich nervös. Unschwer zu erraten, dass eine Frau im Spiel sein musste. Mit vier Minuten Verspätung rollte der EC 9 in den Bahnhof ein. Gezogen wurde der Zug von einer Lok der Baureihe 101, einer Lokomotive der neueren Generation. Als der Zug anhielt und sich die Türen öffneten, wurde der junge Mann noch nervöser, als er ohnehin schon war. Hektisch ging er mal in die eine, dann wieder in die andere Richtung. Sich auf Zehenspitzen stellend versuchte er, einen besseren Überblick über das Geschehen am Zug zu bekommen, was angesichts der Tatsache vieler ein- und aussteigender Fahrgäste sehr schwer fiel. Seine Miene verfinsterte sich, als der Zug abgefertigt wurde und sich die Türen zur Abfahrt schlossen. Ungläubig, fast weinerlich schaute er dem beinahe lautlos ausfahrenden Zug nach. Die Menschentraube auf dem Bahnsteig hatte sich gelichtet. Da erblickte er eine weibliche Person, die einsam und hilfesuchend auf dem Bahnsteig stand. Mit einem lauten „Jaaa" lief er in ihre Richtung. Jetzt hatte auch die Frau ihn erkannt. Mit weit ausgebreiteten Armen rannten sie sich entgegen. Überglücklich fielen sie sich um den Hals. Wortlos, jedoch mit einem Ausdruck innerlicher Glückseligkeit, überreichte er seiner Angebetenen die rote Rose. Sie blickte ihm dabei fest in die Augen. Hier sagte der Blick mehr als tausend Worte.

Ein älteres Ehepaar, das bei der Bahnsteigaufsicht um Rat fragte, zog mich nun in seinen Bann. Zum einen, weil sie zwei schwere Gepäckstücke hatten, zum anderen, weil der Beamte, den sie fragten, sie wohl nicht verstand. Er redete mit Händen und Füßen, doch vergebens. Hilfesuchend blickte er sich um. Unsere Blicke trafen sich. Sofort erhellte sich seine Miene. Er bat, dass ich mich der Situation annähme. Beim Näherkommen erkannte ich die Misere. Das Ehepaar war aus Frankreich und sprach weder deutsch noch englisch. Unsere Aufsichtsbeamten sprechen zwar fast alle englisch, aber kein französisch. Ich hatte so eine Ahnung! Um 10.02 Uhr fuhr ein Thalys-Zug nach Paris. Schnell stellte ich mich vor und fragte, was ich tun könne. Die Frau brach in einen regelrechten Redeschwall aus. Ich bat sie, langsamer zu sprechen. Sie müssten mit dem nächsten Zug nach Paris fahren, wüssten aber nicht, wo der Zug abfährt. Ein Blick zur Uhr, jetzt war Eile angesagt. Ich bat den Aufsichtsbeamten, am Nachbarbahnsteig anzurufen, damit ich die älteren Herrschaften mit ihrem schweren Gepäck dorthin begleiten konnte. Ein Kollege vom Service kam mir zur Hilfe. Gemeinsam halfen wir dem Ehepaar, damit dieses seinen Zug nach Paris noch bekommen konnte. Eine innerliche Zufriedenheit erfüllte mich. Konnte ich doch soeben dank meiner Sprachkenntnisse, die ich als Thalys-Zugbegleiter unbedingt haben musste, meinem Kollegen aus der Patsche helfen.

Ein junger Leutnant der Bundesmarine erweckte meine Aufmerksamkeit. Er war nicht allein. Ein älteres Ehepaar und eine junge Frau waren in seiner Begleitung. Sie begaben sich allesamt zum Aufzug Gleis 2/3. Ich benutzte die Treppe, kaufte mir auf dem Bahnsteig eine Wurst und stellte mich so, dass ich die Gruppe ohne aufzufallen beobachten konnte. Dieser Offizier der Marine musste mit seiner Einheit in den nächsten Tagen zu einer nicht ganz ungefährlichen und länger andauernden Fahrt auslaufen. Aus den Gesprächsfetzen konnte ich unschwer herausfinden, dass es sich bei den Begleitern um die Eltern und die Verlobte des Mannes handelte. Unentwegt hielt der Leutnant seine Verlobte ganz fest in seinem Arm. Als der Zug in Richtung Hamburg angekündigt wurde, gab der Vater seinem Sohn verstohlen die Hand, die Mutter umarmte und drückte ihn unter Tränen. Die junge Frau schluchzte und ließ ihren Gefühlen freien Lauf. Ganz fest hielt sie ihren Verlobten und wollte ihn nicht gehen lassen. Mit sanftem Druck löste sich der Mann aus der Umklammerung und stieg ein. Verstohlen und wie in Trance übergab die Frau ihrem Geliebten ein Präsent. Da es sehr flach war, konnte man ein Bild von ihr vermuten. Als der Vater seinem Sohn die Koffer in den Zug stellte, sah ich auch bei ihm ein paar Tränen. Die drei Personen winkten noch lange mit weißen Tüchern dem ausfahrenden Zug hinterher. Wie eng liegen doch Freud und Leid manchmal beieinander, durchfuhr es mich.

Sachen gibt es, die gibt es gar nicht – oder alles ist zu toppen

Nach fast dreißig Jahren Berufserfahrung meinte ich, dass ich alles schon einmal erlebt habe, was rund um die Eisenbahn herum passieren konnte. Aber weit gefehlt. Es gibt letztendlich immer jemand, der noch einen draufsetzt! So gesehen könnte man hundert Jahre im Beruf sein, man würde immer „seinen Meister" finden.

Es ereignete sich am Sonntag, den 23. September 2001. Aufstehen, Frühstücken nur mit der Ehefrau (die Kinder schlafen sonntags etwas länger), ein Blick zum Himmel, ja, auch heute war der Regenschirm wieder ein absolutes „Muss". Ein paar Worte noch zum Abschied, ein flüchtiger Kuss und die Eisenbahn hatte mich wieder in ihren Bann gezogen. Für die nächsten zehn Stunden hatte ich meine gesamte Arbeitskraft der Eisenbahn zur Verfügung zu stellen. Dienstbeginn war an diesem Morgen um 9.33 Uhr.

Kurz nach neun Uhr meldete ich mich bei meinem Disponenten zum Dienst. Mein Mitarbeiter stand auch bereit, den angebrochenen Sonntag auf der Schiene zu verbringen. Nachdem wir gemeinsam die dienstlichen Unterlagen eingesehen hatten, begaben wir uns zum Abfahrtgleis. Wir wechselten ein paar belanglose Worte mit dem Aufsichtsbeamten, begrüßten unsere freundliche

Mitarbeiterin von der Firma Railmaster. Es war wie immer das gleiche Ritual. Auch unser Lokführer winkte uns aus seinem geöffneten Cockpitfenster zu. Wie gesagt, es schien ein ganz normaler Arbeitstag zu werden. Ja, wenn da nicht.......

Der erste Teil meiner Arbeit, der Abschnitt Köln nach Aachen und wieder zurück, verlief ohne Probleme. Nur hatte ich nach drei Stunden noch kein Feierabend.

Nach der Abfahrt des Thalys 9444 und meiner Begrüßungsansage beteiligte ich mich an der Fahrausweiskontrolle. Bereitwillig gab ich Auskunft darüber, wie man am schnellsten von Brüssel Süd zum Airport gelangt, auf welchem Gleis der TGV nach Nizza bereitgestellt wird, oder ob man in der Bar auch mit deutschem Geld bezahlen kann.

Im Wagen 26 kontrollierte ich einen älteren Fahrgast. Statt der Fahrkarte hielt er mir seinen Personalausweis hin. Bevor ich ihn ansprechen konnte, meinte er: „Ich glaube, ich bin im falschen Zug, ich wollte doch nach Bonn fahren." „Ihre Vermutung kann ich nur bestätigen. Dieser Zug fährt nicht nach Bonn, sondern direkt nach Paris! Aber keine Angst, wir halten noch mal in Aachen", erwiderte ich.

„Was soll ich jetzt machen?" fragte mich besagter Fahrgast. „Kein Problem, Sie bezahlen einen Fahrschein von Köln nach Aachen, verlassen dort den Zug und fahren zehn Minuten später mit einem D-Zug wieder zurück!" „Aber ich habe kein Bargeld bei mir." „Auch das ist kein großes Problem." erwiderte ich, „Ich nehme Ihre Personalien auf und Sie entrichten den Fahrpreis innerhalb einer Woche durch den beigefügten Überweisungsträger oder durch eine Bareinzahlung überall dort, wo es Fahrkarten gibt. Allerdings beträgt der zu entrichtende Fahrpreis in diesem Fall 62 DM." „Da kann man nichts machen, schließlich war es meine eigene Schuld, dass ich in einen falschen Zug eingestiegen bin!" Bereitwillig händigte er mir seinen Personalausweis aus. Gewissenhaft entnahm ich alle erforderlichen Angaben, ein letzter Blick auf die Gültigkeitsdauer, alles in Ordnung. Dankend gab ich dem Fahrgast seinen Personalausweis zurück.

Mein Mitarbeiter Jürgen B. und ich wollten gerade gemeinsam den letzten Wagen kontrollieren, als ganz plötzlich die Alarmhupe des Zuges ertönte. Sofort leitete unser Lokführer René eine Zwangsbremsung ein. Das bedeutet nichts Gutes, durchschoss es mich. Jürgen dachte wohl in diesem Augenblick das Gleiche wie ich. Meine Gedanken rasten. Der nächste Schaltschrank, hier hatte ich im Display codiert die Ursache der Zwangsbremsung und konnte mit dem Lokführer kommunizieren. Fast gleichzeitig rannten Jürgen und ich los. Im Wagen 27 erkannten wir im Display: Notentriegelung einer Türe im Wagen 26.

„Das kann doch nicht wahr sein! Hier spielt uns die Technik dieses Hochgeschwindigkeitszuges aber einen ganz üblen Streich." brach es aus mir heraus. Auch Jürgen war anzusehen, dass er dieser Fehlermeldung sehr distanziert gegenüberstand. Im Vorübergehen konnte ich in besorgte Gesichter von Fahrgästen schauen. Der Zug war längst zum Halten gekommen, als wir im Wagen 26 angelangt waren. Wir trauten unseren Augen kaum. Tatsächlich war die Türe mittels der Notentriegelung gewaltsam geöffnet worden. Von nun an ging alles sehr schnell.

„René, was ist los?" rief ich den Lokführer an. „Im Wagen 26 hat jemand die Notbremse betätigt und die Türe geöffnet!" „Ich stehe direkt davor. Haben wir sonst keine anderen Anzeigen oder Leuchtmelder an?" „Nein, nichts." „Wo sind wir überhaupt? Hast du Funkkontakt mit dem zuständigen Fahrdienstleiter? Wenn ja, dann lass bitte die Strecke sperren!" Es sprudelte nur so aus mir heraus. Gleichzeitig informierte Jürgen die zuständige Transportleitung über Handy. Irgendeine innere Stimme sagte mir, schau doch einfach mal aus der offenen Türe. Was ich da erblickte, wollte ich zuerst nicht wahrhaben. Meine Nackenhaare richteten sich auf, mein Körper produzierte unentwegt das Stresshormon Adrenalin. Neben dem Gleiskörper schlenderte eine männliche Person, ohne Hast und Eile, so als würde man gemütlich einen Sonntagmorgenspaziergang machen. Als ich die Person anrief, beschleunigte sie ihren Gang in Richtung hinterer Triebkopf. „René, ist die Strecke gesperrt? Es befindet sich eine männliche Person auf dem Gleiskörper." „Ja, Ewald, alles gesperrt!" hörte ich René antworten. Wenigstens eine beruhigende Meldung in dieser Situation. Wieder schaute ich der unvernünftigen Person hinterher. Plötzlich wechselte sie auf das Gleis gegenüber. „Jürgen, hilf mir bitte die andere Seite auch zu entriegeln, der Mann befindet sich jetzt auf dem Gegengleis." Als sich unsere Blicke trafen, erschrak ich! Auch aus Jürgens Gesicht war alle Farbe entwichen. Wieder versuchte ich durch Zuruf die Person zu bewegen, den Gleiskörper zu verlassen. Mal lief sie in die eine, dann in die andere Richtung. Gerade, als ich im Begriff war, den Mann mit Gewalt von der Strecke zu holen, hatte er eine Lücke in der Böschung erblickt. Strauchelnd hangelte er sich an den Büschen und Ästen den steilen Bahndamm hinunter.

Jürgen war immer noch per Handy mit der Transportleitung verbunden. „Nein, nein", hörte ich ihn sagen, „wo denken Sie hin! Oder glauben Sie, wir haben die Adresse dieses Fahrgastes?" Bingo, schoss es mir durch den Kopf, war diese Person etwa identisch mit derjenigen, die in Köln den falschen Zug bestiegen hatte und nach Bonn wollte? Hastig rannte ich zurück in den Wagen 26, Platz 45. Der Platz war leer! Langsam legte ich mir das Puzzle zusammen. Unser „blinder Passagier" war der Täter, der uns diese Unannehmlichkeit beschert hatte. Aber warum gab er mir vorher noch seine Anschrift? Eine Frage, auf die ich im Moment keine Antwort wusste.

„Ewald, die Transportleitung will dich sprechen!" Jürgen hielt mir das Handy hin. „Ja, Rumm, Zugchef Thalys 9444. Die Person hat den Gleiskörper gerade verlassen, die Streckensperrung kann somit wieder aufgehoben werden. Und jetzt haltet euch fest! Ich habe sogar die Anschrift dieser Person. Bitte veranlasst, dass in Aachen der BGS an den Zug kommt, um weitere Details zu besprechen!" Nachdem die Strecke wieder frei war, setzten wir unsere Fahrt in Richtung Paris fort.

In Aachen, unserem nächsten Halt, wurden wir sehnsüchtig von Beamten des Bundesgrenzschutzes erwartet. Hier wurden der Lokführer René und ich zu den Personalien befragt, zu Anormalitäten im Ablauf unseres Dienstbetriebes und zum Hergang der Zwangsbremsung. Die Beamten machten sehr ungläubige Gesichter, als ich mit der Adresse des vermeintlichen Täters aufwartete. Auch konnte ich eine detaillierte Personenbeschreibung abgeben. Um nicht noch mehr Verspätung zu riskieren, hinterließ ich meine Handynummer und versprach, dass ich auf der Rückfahrt aus Belgien einen vollständigen Bericht abgeben würde. Mit 16 Minuten Verspätung setzte der Thalys 9444 seine Fahrt fort.

Auf der Strecke bis Lüttich machte ich mir so meine Gedanken über den Vorfall. Hatte ich auch in allen Situationen richtig gehandelt, nichts Wichtiges übersehen? War dieser Mann, der sich auf dem Gleis befand, derselbe, dem ich die Nachlösung schrieb? Oder litt ich an Halluzinationen? Fragen über Fragen, aber keine Antworten.

Wie ich den Beamten des BGS versprochen hatte, fertigte ich in meiner Pause einen genauen Bericht über den Vorfall an. Noch einmal ließ ich Punkt für Punkt des Geschehens vor meinem geistigen Auge ablaufen. Nein, einen Fehler konnte ich nicht erkennen. Plötzlich klingelte mein Telefon. Der Bundesgrenzschutz aus Aachen teilte mir mit, dass der betreffende Mann dank meiner genauen Beschreibung von einer Streife gefasst wurde. Er war bereits auf dem Weg nach Aachen. Mir fiel ein Stein vom Herzen, Reisender und Täter waren eine Person! Diese positive und erfreuliche Nachricht konnte ich natürlich nicht für mich behalten. Sofort informierte ich den Lokführer René und meinen Mitarbeiter Jürgen. Bei Dienstende hatte ich den Vorgang kopiert und der Gruppenleiterin zukommen lassen. In dieser Sache hatte wohl Kommissar Zufall seine Hand im Spiel.

Oh Gott, bitte nicht schon wieder – Brühl!

Liebe Leserin, lieber Leser! Ich habe lange gewartet, gezögert und mit meinem Inneren gestritten, ob ich überhaupt in diesem Buch über den zweiten furchtbaren Eisenbahnunfall direkt vor den Toren Kölns berichten soll. Einerseits war ich mental noch gar nicht frei von der Tragödie in Eschede, andererseits habe ich sehr lange und intensive Gespräche mit dem Zugchef des verunglückten D 203 geführt. Es war für mich sehr erstaunlich, wie dieser noch verhältnismäßig junge Kollege den furchtbaren Unfall seelisch verkraftet hat. Ein anderer Kollege, der diesen Unglückszug in dieser Nacht zur Heimfahrt genutzt hatte, kam nicht so glimpflich davon. Er erlitt innerliche Verletzungen, die so schwer waren, dass er wohl nicht mehr in den aktiven Dienst als Zugbegleiter zurückkehren wird. Aus Rücksichtnahme auf meine im Dienst verunglückten Freunde und Kollegen wollte ich dieses schwarze Kapitel aussparen. Aber von allen Seiten wurde ich immer wieder ermutigt, über die Tragödie zu schreiben, so als eine Art Konfliktbewältigung.

Nach gut anderthalb Jahren hatten sich die Wogen um das furchtbare Unglück in Eschede gelegt. Auch wir Eisenbahner gingen langsam zur Normalität über. Die Medien bekamen über diese schreckliche Geschichte kaum noch Nahrung. Ab und zu las man, dass ein Gutachter seinen Bericht zum Unfallhergang dem zuständigen Gericht zur Wahrheitsfindung zukommen ließ. Fest stand aber, dass der schreckliche Unfall durch einen gebrochenen Radreifen verursacht worden ist. Die endgültige Schuldfrage würde wohl in diesem Fall nie richtig geklärt werden.

Der Monat Februar. Er ist für mich persönlich der schönste im ganzen Jahr. Nein, nicht weil ich Beamter bin und der Monat nur 28 Tage hat, sondern weil ich in diesem Monat auch geboren bin. So, Feierabend und Wochenende! Ein schönes langes Wochenende lag vor mir. Freizeit von Freitag 14.05 Uhr bis Montag 15.33 Uhr. Ich war so "happy", hatte doch am folgenden Wochenende Geburtstag und zugleich sollte unser neuer Partykeller eingeweiht werden.

An diesem Sonntagmorgen saß ich nichtsahnend mit meiner Familie beim Frühstück. Plötzlich klingelte unser Telefon. Sofort sprang mein Jüngster auf, griff den Hörer und meldete sich: „Ach, Opa, du bist es! Ja, mein Papa ist hier, einen Moment bitte." Er übergab mir den Hörer. Mein Schwiegervater, pensionierter Eisenbahner, hatte in den Frühnachrichten eine schreckliche Nachricht vernommen. Ein Nachtzug sei in Brühl entgleist. Es gab wiederum Tote und Verletzte. Die Lok sei sogar in ein Wohnhaus gerast. Nein, nein und nochmals nein! Nicht schon wieder! In diesem Moment wünschte ich mir, aufzuwachen und festzustellen, dass alles nur ein ganz böser Traum war. Aber es war die brutale Realität. Für mich jedoch unfassbar! Meine Familie sah es mir an, dass etwas Furchtbares passiert sein musste. In wenigen Worten teilte ich ihnen das Geschehene mit. Sie waren genau so betroffen wie ich. Wortlos begaben wir uns in das Wohnzimmer und schalteten den Fernseher ein. Bei dem Nachrichtensender CNN sahen wir die ersten Bilder. Mir wurde schlecht. Ich konnte nicht mehr reden. Mein Hals war wie ausgetrocknet. Wie hypnotisiert starrte ich auf die eingeblendeten Standbilder: Der D 203 Schweiz-Express von Amsterdam nach Basel war im Bahnhof Brühl entgleist! Die Lok war über die Böschung in ein Haus gedonnert! Nicht auszudenken, wenn das Wohnhaus auch noch einstürzte! Waggons hatten sich ineinander verkeilt, andere hatten sich in das Dach der Bahnsteigüberdachung gebohrt! Es sah aus, als wäre eine Bombe explodiert und hätte den Zug auseinandergerissen. Erinnerungen an Eschede wurden plötzlich in mir wach! Innerlich brach für mich eine Welt zusammen. Meine Eisenbahn, das sicherste Verkehrsmittel, wurde wieder in eine schreckliche Situation gestürzt. Die Ideale, für die ich gelebt und gearbeitet hatte, bekamen langsam

Risse. Zugegeben, auch bei der Deutschen Bundesbahn gab es immer mal wieder Unfälle, aber an solche Tragödien, wie jetzt geschehen, konnte ich mich nicht erinnern.

Das Mittagessen wollte mir nicht schmecken. Unentwegt waren meine Gedanken bei diesem Unfall. Ich selbst hatte den Unglückszug einige Male begleitet. Ferner nutzten Kollegen, die mit den späten Zügen aus Hamburg und Hannover kamen und in Bonn oder Koblenz wohnten, den Zug zur Heimfahrt. Wer war in dieser Nacht als Zugführer und wer als Schaffner eingeteilt? Kannte ich die Kollegen nur vom Namen her oder waren es Männer und Frauen, mit denen mich mehr verband als der gemeinsame Beruf? Ich durfte diese Gedanken nicht zu Ende denken.

Der Spaziergang am Nachmittag in frischer Winterluft tat mir gut. „Ruf doch gleich mal auf deiner Dienststelle an und erkundige dich, ob du etwas tun kannst!" Mit großen Augen blickte ich meine Frau an. Auf die nächstliegende Idee war ich natürlich nicht gekommen. Als ich anrief, teilte man mir mit, da die Strecke gesperrt sei und man über die rechte Rheinseite umleiten müsse, habe man mit dem vorhandenen Personal und den Bereitschaften alles im Griff. Aber es sei schön zu wissen, dass sich Mitarbeiter in solch einer Ausnahmesituation freiwillig zum Dienst anbieten würden.

Ob ich wollte oder nicht, ich musste am Abend die ganze Nachrichtenpalette ansehen. Es war furchtbar. Ich merkte, wie mir die Tränen über die Wangen liefen. Die Rettungskräfte, unermüdlich im Dauereinsatz, bargen wiederum Tote und Verletzte. Dass sie so schnell und so viele Bergungskräfte vor Ort waren, verdankte man dem Umstand, dass wenige Tage zuvor eine groß angelegte Übung von Feuerwehr, Polizei, Technischem Hilfswerk, Ärzten und Rettungssanitätern im Großraum Bonn erfolgreich absolviert worden war. Die Nähe zu namhaften Kliniken wie in Bonn, Uniklinik Köln, Aachener Klinikum, Bundeswehrkrankenhaus in Koblenz oder die Klinik in Leverkusen hatte wohl sehr genützt. Aber auch dies konnte nicht verhindern, dass acht Reisende den Tod bei dem Unglück fanden.

Man konnte sich leicht vorstellen, dass die Gazetten am Montagmorgen voll waren von diesem Unfall. Vermutungen wurden angestellt, Schuldige gesucht, Vergleiche zum Unfall in Eschede wurden gezogen. Auf dem Unternehmen DB AG wurde regelrecht herumgeprügelt. Vor allem von der Kölner Boulevardpresse hagelte es schwere Vorwürfe. Augenzeugen wurden zitiert; Reisende, die mit dem Schrecken davongekommen waren, wurden interviewt. Von offizieller Seite der Bahn war zu diesem Zeitpunkt kein Statement zu erhalten.

Langsam stellte sich heraus, der Lokführer sei im Baustellenbereich schlicht und ergreifend zu schnell gefahren. Dieser Vorwurf, der nun im Raum stand, traf die gesamte Zunft der Lokführer!

Wie konnte sich ein solch tragischer Unfall überhaupt ereignen? Wurde nicht auch bei Bauarbeiten auf Signale gefahren? Die zuständige Staatsanwaltschaft schaltete sich ein. Zusammen mit dem Eisenbahnbundesamt wurde versucht, den Unfallhergang zu rekonstruieren. Allen Beteiligten blieb eine Vernehmung nicht erspart. Es wurden Details gesammelt, Fakten und Aussagen zusammengetragen und ausgewertet. Nichts sollte unversucht gelassen werden, die Tragödie aufzuklären.

Im Kollegenkreis sprach ich immer wieder mit Lokführern über dieses furchtbare Unglück. Einhellig kamen wir zu dem Schluss, dass der Lokführer des Unglückszuges zu schnell gewesen sein musste, anders konnte man den Unfall nicht erklären. Bei dem Gedanken, einen Kollegen beschuldigen zu müssen, lief es mir eiskalt über den Rücken. Dies war gelinde ausgedrückt ein Sch... Gefühl!

Als der Prozess begann, wurde wie erwartet der Lokführer angeklagt. Er allein sollte verantwortlich gemacht werden für das Unglück, welch ein grotesker Gedanke! Aber von den Verantwortlichen der DB AG gewollt und werbewirksam umgesetzt! Je länger der Prozess dauerte, desto mehr Ungereimtheiten und Fehler wurden aufgedeckt, der junge Kollege Lokführer teilweise sogar entlastet. Es kristallisierte sich heraus, dass bei allen beteiligten Bereichen und Stellen zum Teil erhebliche Mängel durch das Gericht festgestellt wurden.

Bleibt noch zu erwähnen, dass der junge Lokführer freigesprochen wurde! Allerdings legte der zuständige Richter der Deutschen Bahn AG einen Mängelkatalog vor, den sie sofort in die Tat umsetzen musste. Bemerkenswert ist auch der Schlusssatz des Richters: Bei diesen aufgedeckten Sicherheitsmängeln gehöre nicht der Lokführer auf die Anklagebank, sondern der Vorstand der DB AG.

Ich stellte mir oft die Frage, was wohl in einem Menschen vorgeht, der so einen schrecklichen Unfall verursacht haben soll? Wird er jemals wieder in der Lage sein, einen Zug zu fahren, die Verantwortung für Hunderte von Reisenden zu übernehmen? In diesem Fall ist wohl eine lange psychologische Therapie vonnöten.